龍神王子《ドラゴン・プリンス》！ ⑤

宮下恵茉／作　kaya8／絵

講談社 青い鳥文庫

もくじ

GUREN
JURI
RYU
KOU

おもな登場人物《とうじょうじんぶつ》

宝田珠梨《たからだじゅり》

私立《しりつ》九頭竜学院《くずりゅうがくいん》中等部《ちゅうとうぶ》の1年《ねん》生《せい》。『占《うらな》いハウス・龍の門《ドラゴン・ゲート》』をいとなむ祖母《そぼ》、両親《りょうしん》との4人家族《にんかぞく》。しっかり者《もの》で、スポーツも得意《とくい》だけど、目立《めだ》つことが大《だい》きらい。

金龍《きんりゅう》

現在《げんざい》の龍王《りゅうおう》。長《なが》らく龍神界《りゅうじんかい》を治《おさ》めていたが引退《いんたい》することに。しゃべり方《かた》がじじむさい(?)のが玉《たま》にキズ。

グレン

赤城《あかぎ》リュウの教育係《きょういくがかり》である炎竜《えんりゅう》。お菓子《かし》が大好《だいす》き。龍神族《りゅうじんぞく》と『玉呼《たまよ》びの巫女《みこ》』にしか、姿《すがた》が見《み》えない。

赤城《あかぎ》リュウ

炎《ほのお》をあやつる南方《なんぼう》紅龍族《こうりゅうぞく》の王《おう》子《じ》。けんかっぱやく、まっすぐな性格《せいかく》。珠梨《じゅり》が大好《だいす》き。珠梨《じゅり》と同《おな》じクラスに転入《てんにゅう》してきた。

青山《あおやま》コウ

水《みず》をあやつる東方《とうほう》青龍族《せいりゅうぞく》の王《おう》子《じ》。やさしくて、気《き》がきく。九頭竜《くずりゅう》学院高等部《がくいんこうとうぶ》に転入《てんにゅう》、「エンジェルさま」と呼《よ》ばれている。

黒田《くろだ》ジュン

闇《やみ》をあやつる北方《ほっぽう》黒龍族《こくりゅうぞく》の王《おう》子《じ》。クールで、口調《くちょう》がきつい。九《く》頭竜《ずりゅう》学院高等部《がくいんこうとうぶ》に転入《てんにゅう》、「デビルさま」と呼《よ》ばれている。

白川《しらかわ》セイ

光《ひかり》をあやつる西方《せいほう》白龍族《はくりゅうぞく》の王《おう》子《じ》。明《あか》るくて、ノリが軽《かる》い。喫茶店《きっさてん》『ザ・ドラゴン』でアルバイトをし、住《す》まわせてもらっている。

これまでのお話《はなし》

わたしは、宝田珠梨《たからだじゅり》。片道《かたみち》二時間《じかん》以《い》上《じょう》かかる、私立中学《しりつちゅうがく》に通《かよ》う毎日《まいにち》。
それには深《ふか》いワケがある。
小学校時代《しょうがっこうじだい》、『占《うらな》いハウス』という家業《かぎょう》のせいで、さんざん、からかわれた。
だから、わたしは、だれも知《し》り合《あ》いのいない中学校《ちゅうがっこう》に行《い》きたかった。

『フツーが一番《いちばん》』。
家《いえ》のことは、友達《ともだち》には、絶対《ぜったい》ひみつ！
——そう思《おも》ってたから。

ところが……ある日《ひ》とつぜん、『四龍《りゅう》』と呼《よ》ばれる龍神族《りゅうじんぞく》の王子《おうじ》たちが、つぎつぎわたしの前《まえ》にあらわれた。つぎの龍王《りゅうおう》になるためには、『玉呼《たまよ》びの巫女《みこ》』であるわたしが、新《あたら》しく出《だ》す『玉《たま》』が必要《ひつよう》なんだって。
王子《おうじ》たちは、そのまま人間界《にんげんかい》にホームステイ。
同《おな》じ学校《がっこう》に通《かよ》うことに。

にぎやかな毎日《まいにち》をすごすなか、ほんとうに、『玉《たま》』が出《で》た！
美形《びけい》の王子《おうじ》たちといっしょにいるとみんなから注目《ちゅうもく》され、おまけに、『玉《たま》』をうばおうとする『邪《じゃ》の者《もの》』からもねらわれる。
わたしの生活《せいかつ》、ぜんぜんフツーじゃなくなっちゃった。

残《のこ》る玉《たま》は、あとひとつ——。

このさきいったい、なにがおこるの？

龍王《りゅうおう》の代替《だいが》わりと『玉《たま》』のしくみ

『玉呼《たまよ》びの巫女《みこ》』が出《だ》す『玉《たま》』は、4つ。玉《たま》が、王子《おうじ》を選《えら》ぶ。選《えら》ばれた王子《おうじ》には「試練《しれん》」があたえられ、その試練《しれん》を乗《の》り越《こ》えると玉《たま》は光《ひか》り、王子《おうじ》の倶利伽羅剣《くりからけん》に、はまる。4つの『玉《たま》』がそろうと、『龍《りゅう》の宝珠《ほうじゅ》』が生《う》まれ、ふたつに分《わ》かれる。ひとつは、つぎの龍王《りゅうおう》となる者《もの》のところへ、もうひとつは、『玉呼《たまよ》びの巫女《みこ》』のもとに残《のこ》る。龍神界《りゅうじんかい》と人《にん》間界《げんかい》がともに助《たす》け合《あ》っていく証《あかし》として、宝田家《たからだけ》が、つぎの龍王交代《りゅうおうこうたい》のときまで人間界《にんげんかい》の『龍《りゅう》の宝珠《ほうじゅ》』を守《まも》っていく。

1 ベニ、登場《とうじょう》！

ひまわり、朝顔《あさがお》、へちまにゴーヤ、枝豆《えだまめ》、なすにさやいんげん。

わが家《や》の庭《にわ》に咲《さ》く花《はな》や野菜《やさい》たちに、ホースでたっぷり水《みず》をまく。

「あっつう〜。」

手《て》でひさしを作《つく》って、空《そら》を見上《みあ》げた。

夏休《なつやす》みに入《はい》って、今日《きょう》でちょうど十日目《とおかめ》。

最初《さいしょ》の一週間《しゅうかん》は、台風《たいふう》が続《つづ》けてきたせいで、毎日雨《まいにちあめ》ばかりだったけど、ここ数日《すうじつ》は、うってかわって天気《てんき》がいい。まるで水《みず》をたたえたような空《そら》には、大《おお》きな入道雲《にゅうどうぐも》がむくむくとわきあがっている。

（すっかり夏《なつ》なんだなあ……。）

そんなあたりまえのことを、ぼんやりと考《かんが》える。

今年《ことし》の四月《がつ》、わたしは家《いえ》から片道《かたみち》二時間《じかん》以上《いじょう》もかかる私立《しりつ》九頭竜学院中等部《くずりゅうがくいんちゅうとうぶ》に入学《にゅうがく》した。わたしのことをだれも知《し》らない新《あたら》しい環境《かんきょう》で、

『心機一転《しんきいってん》がんばるぞ！』

そう思《おも》い、まわりの友《とも》だちには、家《いえ》がインチキ占《うらな》い屋《や》をしていることをかくして、楽《たの》しい中学生活《ちゅうがくせいかつ》を送《おく》っていた。

それなのに、二か月《げつ》ほど前《まえ》、突然《とつぜん》わたしの前《まえ》に、次期龍王候補《じきりゅうおうこうほ》だという四人《にん》の龍神族《りゅうじんぞく》の王子《おうじ》たちが現《あらわ》れた。

昔《むかし》からおばあちゃんに、『宝田家《たからだけ》は龍神族《りゅうじんぞく》と深《ふか》いかかわりがある家柄《いえがら》だ。』なんて聞《き》かされていたけれど、まさかホントのことだなんて思《おも》ってなかったから、びっくり！

しかも、龍王《りゅうおう》になるために必要《ひつよう》な『龍《りゅう》の宝珠《ほうじゅ》』を授《さず》けるのが、わたしの役目《やくめ》なのだと言《い》われ、わたしはいつの間《ま》にか『玉呼《たまよ》びの巫女《みこ》』になってしまった。そのせいで、龍《りゅう》の宝珠《ほうじゅ》を手《て》に入《い》れようとしている『邪《じゃ》の者《もの》』たちにまで、ねらわれるようになっちゃったし、も

うサイアク！

『地味《じみ》に生《い》きる。』が座右《ざゆう》の銘《めい》だったのに、四人《にん》の王子《おうじ》たちに囲《かこ》まれて、わたしのフツーじゃない生活《せいかつ》がスタートしてしまった。

ちなみに、龍《りゅう》の宝珠《ほうじゅ》は、四人《にん》の王子《おうじ》たちが、それぞれ炎《ほのお》・水《みず》・闇《やみ》・光《ひかり》の『自分自身《じぶんじしん》の玉《たま》』を手《て》に入《い》れて、初《はじ》めて出《で》てくる。玉《たま》を手《て》に入《い》れるために、王子《おうじ》たちは、玉《たま》から出《だ》される課題《かだい》をクリアしなきゃいけないのだ。

すでに、南方紅龍族《なんぽうこうりゅうぞく》の赤城《あかぎ》リュウは『水《みず》』、北方黒龍族《ほっぽうこくりゅうぞく》の黒田《くろだ》ジュンは『光《ひかり》』、西方白龍族《せいほうはくりゅうぞく》の白川《しらかわ》セイは『炎《ほのお》』の玉《たま》をそれぞれ手《て》に入《い》れている。

（……でも。）

わたしは、ホースの先《さき》からほとばしる水《みず》しぶきをじっと見《み》つめた。

「珠梨《じゅり》ちゃん、外《そと》は暑《あつ》いだろ？　水《みず》まきなら、ぼくがするよ。」

はっとして、ふりかえる。

「コウさん！」

わたしが水《みず》を出《だ》しっぱなしで、つったっていたからか、心配《しんぱい》してくれたみたい。あわてて蛇口《じゃぐち》をひねって水《みず》を止《と》める。

「ご、ごめんなさい。あんまり暑《あつ》くて、ぼうっとしちゃった。」

ごまかすように言《い》い訳《わけ》すると、コウさんはふっとほほえんだ。

「あやまること、ないよ。これだけたっぷり水《みず》をもらったら、植物《しょくぶつ》たちだってきっと喜《よろこ》んでるさ。」

そのやさしい言葉《ことば》と、いつもと変《か》わらない笑顔《えがお》に、胸《むね》がしめつけられそうになる。

東方青龍族《とうほうせいりゅうぞく》の青山《あおやま》コウさんは、まだ『自分自身《じぶんじしん》の玉《たま》』を手《て》に入《い》れていない。それなのに、あせるそぶりも見《み》せず、いつもと変《か》わらない態度《たいど》でわたしに接《せっ》してくれる。

夏休《なつやす》みに入《はい》る直前《ちょくぜん》、セイが三つめの玉《たま》を手《て》に入《い》れたときだって、自分《じぶん》が最後《さいご》のひとりになってしまったことを、冷静《れいせい》に受《う》け止《と》めていた。

（ホントは、コウさんにも、早《はや》く玉《たま》を出《だ》してあげられればいいんだけど。）

わたしは『玉呼《たまよ》びの巫女《みこ》』なんだけど、自分《じぶん》の意志《いし》で玉《たま》を出《だ》すことはできない。玉《たま》は気《き》まぐれで、いつ現《あらわ》れるかだれにもわからないのだ。

四つの玉《たま》がそろえば、『龍《りゅう》の宝珠《ほうじゅ》』が現《あらわ》れ、四人《にん》の王子《おうじ》たちのうちのだれかが宝珠《ほうじゅ》に選《えら》ばれて龍王《りゅうおう》になる。

龍王《りゅうおう》が早《はや》く決《き》まらないと、世界中《せかいじゅう》で災害《さいがい》が増《ふ》え、大混乱《だいこんらん》が巻《ま》き起《お》こるんだと、現龍王《げんりゅうおう》の金龍《きんりゅう》さんが言《い》っていた。

(だけど……。)

庭《にわ》のあちこちにできた、小《ちい》さな水《みず》たまりにうつる青空《あおぞら》を見《み》つめる。

コウさんが『自分自身《じぶんじしん》の玉《たま》』を手《て》に入《い》れるということは、それはそのまま、王子《おうじ》たちとの別《わか》れにつながる。龍王《りゅうおう》が決《き》まってしまえば、王子《おうじ》たちは、もう人間界《にんげんかい》にいる必要《ひつよう》はないからだ。

四人《にん》の王子《おうじ》たちが、いつかわたしの前《まえ》からいなくなってしまうなんて、想像《そうぞう》しただけで、さみしくてたまらない。

(勝手《かって》だなあ、わたし……。)

最初《さいしょ》に王子《おうじ》たちが現《あらわ》れたときは、正直困《しょうじきこま》ると思《おも》っていた。

家《いえ》の用事《ようじ》をぜんぜんしないパパやママ、おばあちゃんの世話《せわ》をするだけでもたいへんだと思《おも》っていたのに、そこに龍神族《りゅうじんぞく》の王子《おうじ》を、しかも四人《にん》もお世話《せわ》するなんて、絶対《ぜったい》ムリ！

そう思《おも》っていたし、なにより四人《にん》は、だれもがふりかえるくらいカッコいい。いっしょにいたら、学校《がっこう》の行《い》き帰《かえ》りはもちろん、どこにいても、女《おんな》の子《こ》たちににらまれてしまう。あんなに目立《めだ》つ王子《おうじ》たちに囲《かこ》まれていたら、まわりにどう思《おも》われるだろうって心配《しんぱい》ばかりしていた。

でも、いつの間《ま》にか、そばにいるのがあたりまえになってしまって、今《いま》では王子《おうじ》たちのいない生活《せいかつ》なんて考《かんが》えられない。

「珠梨《じゅり》ちゃん、元気《げんき》ないね。どうかした？」

さっきからずっとだまっているせいか、コウさんが心配《しんぱい》そうにまゆを寄《よ》せて、わたしの顔《かお》をのぞきこんだ。栗色《くりいろ》の髪《かみ》が、風《かぜ》もないのにさらりとゆれる。

「な、なんでもないです！　今日《きょう》、すっごくお天気《てんき》がいいから、もう一回洗濯機《かいせんたくき》をまわしたほうがいいかなあって悩《なや》んでただけです。」

そう言《い》うと、コウさんから視線《しせん》をはずして、ごまかすように手元《てもと》のホースを巻《ま》き取《と》った。

コウさんに、早《はや》く玉《たま》を出《だ》してあげたい。

その気持《きも》ちにウソはない。

だけど、王子《おうじ》たちとも別《わか》れたくない。

これも、正直《しょうじき》なわたしの気持《きも》ち。

（はあ～、どうしたらいいいんだろう。）


「おおい、珠梨《じゅり》ぃ～～～っ！」

ふりむくと同時《どうじ》に、リュウが縁側《えんがわ》のガラス戸《ど》を両手《りょうて》で開《あ》けて、庭《にわ》に飛《と》びおりた。肩《かた》には炎竜《えんりゅう》のグレンをのせている。

「こんなとこにいたのかよ。ほら、早《はや》く家《いえ》に入《はい》って、今日《きょう》もあれ、やってみろって。」

その言葉《ことば》に、わたしは顔《かお》をしかめる。

「え～っ、またあ？」


四つの『自分自身《じぶんじしん》の玉《たま》』のうち、出《で》ていないのはコウさんが手《て》に入《い》れるはずの『闇《やみ》』の玉《たま》だけ。早《はや》く龍王《りゅうおう》になりたいリュウは、セイが三つ目《め》の玉《たま》を手《て》に入《い》れてからというもの、毎日《まいにち》のようにわたしに最後《さいご》の玉《たま》を出《だ》せとうるさい。三つの玉《たま》のうち、みんなにせっつかれて、しかたなしにでたらめな呪文《じゅもん》を唱《とな》えて出《で》たのが二つ。もちろん、それはただの偶然《ぐうぜん》なんだけど、リュウは、もう一度《いちど》あの呪文《じゅもん》を試《ため》してみろとしつこいのだ。

「だからあ、あれは偶然《ぐうぜん》だって何度《なんど》も言《い》ってるでしょ？　わたしにそんな力《ちから》、ないんだってば。」

「偶然《ぐうぜん》でもなんでも、できることはやってみりゃあいいだろうが。やらねえうちからあきらめるのは、よくねえぞ。」

リュウの肩《かた》の上《うえ》で、グレンも激《はげ》しくうなずいている。

「さっすが、ぼっちゃん！　そのとおり。」

（……まあ、そうだけどさあ。）

リュウは、一秒《びょう》でも早《はや》くだれが龍王《りゅうおう》になるのか決着《けっちゃく》をつけたいんだろうけど、わたしはそんなに早《はや》く決《き》めてもらいたくない。リュウには言《い》えないけど、このまま玉《たま》なんて出《で》なくてもいいのに、とさえ思《おも》っているくらいだ。

わたしの複雑《ふくざつ》な胸《むね》の内《うち》なんて、きっとリュウにはわからないだろうけど。

「しぜんにしていれば、きっと必要《ひつよう》なときに出《で》てくるよ。だって、前《まえ》の玉《たま》が出《で》てから、まだ日《ひ》にちがたってないでしょ？　そんなにすぐには出《で》てこないってば。」

そう言《い》ったら、コウさんがちらっとわたしを横目《よこめ》で見《み》たのがわかった。

(ごめん、コウさん。)

胸《むね》がちくんと痛《いた》む。

ひとりだけ、玉《たま》を手《て》に入《い》れていないコウさんは、それこそ一秒《びょう》でも早《はや》く玉《たま》を出《だ》してほしいはず。

(でも、わたし、まだもうちょっと、みんなといたいの。許《ゆる》して……！)

「そんなの、待《ま》てねえし！」

リュウがわたしのエプロンのすそをひっぱって、いやいやするみたいに体《からだ》をゆする。まるで、お菓子《かし》を買《か》ってほしいっておねだりしている小《ちい》さい子《こ》みたいだ。

「ムーリ！」

リュウの手《て》から、エプロンをひきはがす。

「なんでだよ〜、出《だ》してくれってば。」

リュウはまたわたしの前《まえ》にまわりこんできて、だだをこねはじめた。

「そうだぞ、丸顔女《まるがおおんな》！ぼっちゃんがこれだけたのんでるんだ。さっさと出《だ》せ！」

リュウに甘《あま》いグレンまで、わたしのまわりを飛《と》びまわってかんしゃくをおこしはじめた。まったく、毎日毎日《まいにちまいにち》ふたりそろって、めんどくさい。ただでさえうっとうしい天気《てんき》が続《つづ》いているのに、暑苦《あつくる》しさ倍増《ばいぞう》だ。

「俺《おれ》は早《はや》く龍王《りゅうおう》になって、珠梨《じゅり》と結婚《けっこん》したいんだって！」

「それも、ムーリ！」

わたしがそう言《い》ったとたん、突然《とつぜん》、あたりの景色《けしき》が、まるで厚《あつ》いカーテンをシャッと閉《し》めたかのように暗《くら》くなった。

「……えっ？」

おどろいて空《そら》を見上《みあ》げる。

すると、さっきまであんなに晴《は》れわたっていた空《そら》が、いつの間《ま》にか厚《あつ》い雲《くも》におおわれていた。

ゴゴゴゴ……

おなかの底《そこ》に、にぶくて低《ひく》い音《おと》が響《ひび》きわたる。

空《そら》はねずみ色《いろ》にぬりつぶされ、今《いま》にも泣《な》きだしそうだ。

「やだ、雨《あめ》かな。洗濯物《せんたくもの》、急《いそ》いで取《と》りこまなきゃ……！」

あわてて物干《ものほ》し場《ば》にかけよろうとしたとき、

「ちょっと待《ま》ったあああ！」

空《そら》から声《こえ》がしたかと思《おも》うと、
バリバリバリバリッ！

ものすごい音《おと》とともに、あたりが真《ま》っ白《しろ》になった。

「きゃあっ！」

思《おも》わず悲鳴《ひめい》をあげて、目《め》をつぶってしゃがみこむ。

(雷《かみなり》が落《お》ちたの⁉)

全身《ぜんしん》をこわばらせながら、おそるおそる目《め》を開《あ》ける。

すると、わたしの目《め》の前《まえ》に、すらりとした長《なが》い足《あし》が見《み》えた。

(ん?)

じょじょに、目線《めせん》を上《あ》げていく。

そこには、燃《も》えるようなオレンジ色《いろ》の髪《かみ》を、高《たか》い位置《いち》でふたつにくくり、チャイナドレスのすそをひざのあたりで切《き》ったようなデザインの服《ふく》を着《き》た女《おんな》の子《こ》が、腕《うで》を組《く》んで立《た》っていた。

小《ちい》さな顔《かお》に、勝《か》ち気《き》な瞳《ひとみ》。

全身《ぜんしん》から、パチパチと小《ちい》さな火花《ひばな》を散《ち》らしている。

思《おも》わず息《いき》をのむほどの、ものすごい美少女《びしょうじょ》だ。

(えええっ? この子《こ》、だれ?)

思《おも》わず立《た》ちあがると、女《おんな》の子《こ》は、なぜかわたしのことをにらみつけている。

わけがわからず、圧倒《あっとう》されて見《み》とれていたら、わたしのうしろでリュウがさけんだ。

「ベニ!?」

すると、ベニと呼《よ》ばれた女《おんな》の子《こ》は、さっきまでの鋭《するど》い視線《しせん》はどこへやら、とたんにふわっと笑顔《えがお》になって、

「リュウ!」

わたしの横《よこ》をすりぬけて、リュウの胸《むね》へと飛《と》びこんだ。

(え〜〜〜っ?)

おどろいて、ふりかえる。

「な、なんだよ! おまえ、なにしに来《き》たんだよっ!」

リュウはジタバタ暴《あば》れているけど、女《おんな》の子《こ》がリュウの体《からだ》にしっかりと両腕《りょううで》をまわしていて、ぜんぜん身動《みうご》きが取《と》れないようだ。

あのグレンでさえも、あっけにとられた様子《ようす》で、リュウからはなれて、あたりをパタパタ飛《と》んでいる。

わたしはすぐに、グレンのしっぽをひっぱって引《ひ》きよせた。

「ねえ！　あの子《こ》、だれ？」

「いってえな、この丸顔女《まるがおおんな》！　おいらのしっぽにさわるんじゃねえよ。」

グレンは、しっぽをかかえてぷんぷん怒《おこ》りながらも、わたしの肩《かた》に止《と》まって説明《せつめい》を始《はじ》めた。

「あれは、南方紅龍族《なんぽうこうりゅうぞく》の第《だい》二王族《おうぞく》・ベニさまだ。ぼっちゃんのおさななじみなんだよ。」

「えっ、龍神族《りゅうじんぞく》って、女《おんな》の子《こ》もいるんだ。」

思《おも》わずそう言《い》うと、グレンがばかにしたようにケッと鼻《はな》を鳴《な》らした。

「あったりまえじゃねえか。いまさら何言《なにい》ってんだ。」

そういえば、前《まえ》にそんな話《はなし》を聞《き》いたことがある気《き》もするけれど、金龍《きんりゅう》さんや王子《おうじ》たちしか知《し》らないから、男《おとこ》の人《ひと》しかいないような気《き》がしていた。

よく考《かんが》えたら、こんなに整《ととの》った顔立《かおだ》ちの女《おんな》の子《こ》、このあたりにはそうそういない。オレンジ色《いろ》の髪《かみ》といい、いきなり空《そら》から落《お》ちてきたことといい、たしかに龍神族《りゅうじんぞく》以外《いがい》に考《かんが》えられない。

「おさななじみっていうことは、もしかして、あの子《こ》もリュウと同《おな》い年《どし》なの？」

「ああ、そうだ。人間界《にんげんかい》の年齢《ねんれい》だと、おまえともいっしょってことだな。」

（ふうん、そうなんだ……。）

ベニは、まるでお化粧《けしょう》をしているみたいに、まつげがくるんと上《うえ》を向《む》いていて、ぽってりとしたくちびるは赤《あか》く染《そ》まっている。足《あし》もすらっと長《なが》いし、まるで雑誌《ざっし》のモデルみたい。

「あれっ、でもあの子《こ》、紅龍族《こうりゅうぞく》なのに、リュウとはちがうピアスをしているんだね。」

王子《おうじ》たちは、それぞれの種族《しゅぞく》のシンボルカラーのピアスをつけている。そのピアスにさわることで、龍神《りゅうじん》に変身《へんしん》したり、倶利伽羅剣《くりからけん》と呼《よ》ばれる剣《つるぎ》を出《だ》したりしている。

だからてっきり、リュウと同《おな》じ赤《あか》いシンプルなピアスだと思《おも》っていたのに、女《おんな》の子《こ》は耳《みみ》に深紅《しんく》のルビーがはめこまれたド派手《はで》な金色《きんいろ》のピアスをつけている。

すると、わたしの横《よこ》に立《た》っていたコウさんが説明《せつめい》をしてくれた。

「ぼくらのピアスは、第一王族《だいいちおうぞく》であり、なおかつ龍王候補《りゅうおうこうほ》に選《えら》ばれた者《もの》だけが、つけることができるものなんだ。彼女《かのじょ》がつけているのは、人形《ひとがた》になるためのピアスだから、ぼくらのものとはちょっとちがうんだよ。人間界《にんげんかい》で龍神《りゅうじん》に変化《へんげ》したり、武器《ぶき》を持《も》って戦《たたか》ったりできないように、龍神《りゅうじん》の力《ちから》をおさえているんだ。……まあ、彼女《かのじょ》の場合《ばあい》は、それでも力《ちから》がありあまって火花《ひばな》をまき散《ち》らしてるみたいだけど。」

「へえ、なるほど！」

ピアスにそんな秘密《ひみつ》があったなんて、知《し》らなかった。龍神《りゅうじん》についてずいぶん理解《りかい》できていたつもりだったけど、まだまだ知《し》らないことがたくさんあるみたいだ。

リュウにまとわりついているベニを、なにげなく見《み》る。

ピアスだけでなく、指《ゆび》にも、首《くび》にも、ありとあらゆるところに大《おお》ぶりのアクセサリーをつけている。肩《かた》からは金色《きんいろ》のポシェットをさげているし、龍神族《りゅうじんぞく》の女《おんな》の子《こ》は、ずいぶん派《は》手好《でごの》みのようだ。

(わたしとは正反対《せいはんたい》だなあ。)

「ベニねえ、リュウに会《あ》いたくて、人間界《にんげんかい》に来《き》たんだよ〜。」

甲高《かんだか》い声《こえ》で、あまえたようにそう言《い》ったあと、ベニはぎろっとわたしをにらみつけた。

「なのに、なんなの、この女《おんな》！」

そう言《い》うなり、びしっとひとさし指《ゆび》をつきつけてきた。

「ねえ、リュウ！　この女《おんな》と結婚《けっこん》するって、どういうこと？　リュウはわたしと結婚《けっこん》するんでしょ！」

バチバチバチッ
女《おんな》の子《こ》の体《からだ》のまわりで、小《ちい》さな火花《ひばな》が散《ち》る。

（ええっ、結婚《けっこん》？）

わたしは、女《おんな》の子《こ》とリュウを見《み》くらべた。

赤《あか》い髪《かみ》のリュウと、オレンジ色《いろ》の髪《かみ》のベニ。

どちらも美形同士《びけいどうし》だし、たしかにふたり、お似合《にあ》いかも。

（……だけどさあ！）

わたしは、むっとした顔《かお》でリュウをにらみつけた。

リュウったら、わたしにいつも、『俺《おれ》の嫁《よめ》になれ。』とか言《い》ってたくせに、龍神界《りゅうじんかい》でもこの子《こ》に同《おな》じこと、言《い》ってたわけ？

（許《ゆる》せない！）

「ちがうんだってば、珠梨《じゅり》！　こいつが勝手《かって》に言《い》ってるだけで、俺《おれ》は珠梨《じゅり》と結婚《けっこん》したいんだって！」

リュウが言《い》い訳《わけ》しようとしたけど、わたしはつーんとあごをそびやかした。

「よかったじゃん。こ～んなかわいい彼女《かのじょ》がいるんだから、この子《こ》と結婚《けっこん》すれば？」

「だから、ちがうって言《い》ってるじゃねえか！」

リュウがわたしのそばにかけよろうとしたとたん、ベニがリュウのシャツのえりをひっぱりあげた。

「なにがちがうわけ？　リュウはわたしと結婚《けっこん》するの！」

「あー、うるせえ。おまえはちょっと、だまっとけ！」

「ちょっと、ちょっと、嬢《じょう》ちゃん！　ぼっちゃんに手荒《てあら》なまね、しねえでくれ！」

あきれ顔《がお》のコウさんの横《よこ》で、わたしとリュウとベニ、そこへグレンまで乱入《らんにゅう》して、ぎゃあぎゃあ言《い》いあいをしていたら、

「まったく、なにごとだ。そうぞうしい。」

さわぎを聞《き》きつけたのか、ジュンとセイまで庭《にわ》に降《お》りてきた。

ふたりは、リュウの腕《うで》にくっついているベニを見《み》て、顔《かお》を見合《みあ》わせた。

「なぜ、ここに紅龍族《こうりゅうぞく》の女《おんな》がいるのだ？」

ジュンの問《と》いかけに、セイが肩《かた》をすくめる。

「そんなの、俺《おれ》にわかるわけねえだろ。……ねえ、ベイビーちゃん。この子《こ》、なにしに来《き》たわけ？」

セイにきかれたけれど、わたしはそっぽを向《む》いて答《こた》えた。

「リュウに会《あ》いにきたんだって。ふたりは結婚《けっこん》するらしいよ。」

すると、セイはふうんと腕《うで》を組《く》んだ。

いつもは女《おんな》の子《こ》と見《み》ると、すぐにチャラチャラ声《こえ》をかけるセイが、めずらしくまじめな顔《かお》で考《かんが》えこんでいる。

「あの子《こ》がここに来《き》たら、何《なに》かマズいことがあるの？」

気《き》になってきいてみたら、

「そんな理由《りゆう》で、龍神族《りゅうじんぞく》が簡単《かんたん》に人間界《にんげんかい》に来《こ》られるわけ、ねえんだけどなあ……。」

セイは、首《くび》をかしげて、そうつぶやいた。

2 トラブルの予感《よかん》

リュウは、ベニの腕《うで》をふりはらって、わたしの横《よこ》に立《た》った。

「おい、ベニ！　よく聞《き》け。俺《おれ》はおまえと結婚《けっこん》なんてしねえ！　俺《おれ》は、珠梨《じゅり》と結婚《けっこん》するって決《き》めたんだっ。」

「……はっ？」

わたしは、あきれてリュウを見《み》た。

リュウと結婚《けっこん》するなんて、わたしは今《いま》まで一回《かい》も言《い》ったことがない。

（それなのに、勝手《かって》にそんなこと、決《き》めないでよっ！）

すると、ベニはぷうっとほっぺたをふくらませ、わたしの前《まえ》に立《た》ちはだかった。そして、頭《あたま》の先《さき》からつま先《さき》までじろじろながめたあと、はきすてるように言《い》った。

「リュウったら、どこがいいのよ、こんな丸顔《まるがお》。この子《こ》のほっぺた、パンパンじゃん。」

ムッカー！

なんですってえええええ！

そりゃあ、わたしは顔《かお》が丸《まる》いですよ。

たしかにほっぺたは、パンパンですよ。

でも、見《み》ず知《し》らずのあんたに、そんなこと言《い》われたくないしぃ〜〜〜っ！

すると、すかさずリュウが言《い》いかえした。

「うるせえ！　俺《おれ》はこの丸《まる》い顔《かお》が好《す》きなんだよっ。ほっぺたがこれだけ丸《まる》い女《おんな》は、珠梨《じゅり》以《い》外《がい》、ほかにいねえ！」

ちょっとおおおお！

リュウったら、わたしを好《す》きだっていうポイント、そこなわけ？

ぜんぜんうれしくないんですけど！

プルプルと怒《いか》りで打《う》ちふるえているわたしの横《よこ》で、ジュンがぼそっとつぶやいた。

「たしかに、龍神族《りゅうじんぞく》には、こんな丸《まる》い顔《かお》の女《おんな》はいない。」

「ベイビーちゃんのほっぺた、ぷにぷにだもんね。」

「でも、その丸《まる》い顔《かお》が、珠梨《じゅり》ちゃんのチャームポイントだよ。」

「ぼっちゃんは、昔《むかし》から丸《まる》っこいものが好《す》きだったからなあ。」

とどめに、セイ、コウさん、グレンにまでそう言《い》われ、わたしはがっくり肩《かた》を落《お》とした。

（わたしって、そんなに顔《かお》が丸《まる》いんだ……。）

そりゃあ、ちょっとはそうかなって思《おも》ってたけど、自覚《じかく》が足《た》りなかったかも……！

ずーんと一気《いっき》に暗《くら》い気持《きも》ちになる。

ベニは、リュウの腕《うで》に、自分《じぶん》の腕《うで》をからめて引《ひ》きよせた。

「リュウったら、人間界《にんげんかい》にいる間《あいだ》に、目《め》がおかしくなっちゃったんじゃない？　それよりさあ、さっさと龍王《りゅうおう》になって、龍神界《りゅうじんかい》に帰《かえ》って……、あっ！」

そこで、ベニの顔色《かおいろ》が急《きゅう》に変《か》わり、あわてた様子《ようす》で肩《かた》からさげた金色《きんいろ》のポシェットの中《なか》をさぐりはじめた。

「いっけな〜い。ベニ、リュウの顔見《かおみ》たらうれしくて、大事《だいじ》な任務《にんむ》を忘《わす》れちゃってたあ。」

そう言《い》うなり、ポシェットから、四枚《まい》の封筒《ふうとう》のようなものを取《と》りだした。

「じゃあ～ん！　ベニが人間界《にんげんかい》に来《き》たのは、リュウに会《あ》いにきたのもあるんだけどお、実《じつ》はこれを預《あず》かってきたんでえす！」

ベニは、まるで手品師《てじなし》みたいに封筒《ふうとう》を扇形《おうぎがた》に広《ひろ》げた。

「なんだ、それ？」

リュウの質問《しつもん》に、ベニはにっこり笑《わら》って答《こた》えた。

「四人《にん》の母上《ははうえ》さまから預《あず》かったお手紙《てがみ》だよ♡」

とたんに、王子《おうじ》たちの顔色《かおいろ》が変《か》わる。

「なぜ紅龍族《こうりゅうぞく》のおまえが、黒龍族《こくりゅうぞく》であるわたしの母上《ははうえ》からの手紙《てがみ》を持《も》っているのだ……！」

明《あき》らかに動揺《どうよう》した様子《ようす》のジュンに、ベニはなんでもないような顔《かお》で答《こた》えた。

「だって、ベニ、『龍王《りゅうおう》の代替《だいが》わり』がきちんと進《すす》んでいるか見《み》てくるようにって、四龍《りゅう》の王族代表《おうぞくだいひょう》として、人間界《にんげんかい》に派遣《はけん》されてきたんだもーん。」

（あ、そうだったんだ。）

よく考《かんが》えると、いくらなんでもできる龍神族《りゅうじんぞく》だとはいえ、きっとそれぞれに家族《かぞく》がいるはず。

ずっとはなれて暮《く》らしていたら、王子《おうじ》たちの家族《かぞく》だって、そりゃあ心配《しんぱい》になるよね。

それなら、ベニが人間界《にんげんかい》に来《き》た理由《りゆう》も納得《なっとく》できる。

(それにしても、王子《おうじ》たちのお母《かあ》さんって、いったいどんな人《ひと》なんだろう？)

手紙《てがみ》を送《おく》ってくれるくらいなんだから、きっと、四人《にん》ともやさしいお母《かあ》さんなんだろうな。王子《おうじ》たちがこれだけ美形《びけい》なら、お母《かあ》さんだってものすごい美人《びじん》にちがいない。

(へえ～、そっかあ。王子《おうじ》たちに手紙《てがみ》をねえ。)

急《きゅう》に王子《おうじ》たちに親近感《しんきんかん》がわき、うんうんとあたたかい気持《きも》ちでうなずいた。

「よかったねえ、みんな。お母《かあ》さんからの手紙《てがみ》だなんて。」

にこにこ笑《わら》ってそう言《い》ったけど、心《こころ》なしか王子《おうじ》たちの顔色《かおいろ》がすぐれない。

(……あれ？　どうしちゃったんだろ？)

ふしぎに思《おも》って首《くび》をかしげたら、グレンがわたしの耳元《みみもと》でこっそりささやいた。

「あのなあ、嬢《じょう》ちゃんを見《み》てたらわかると思《おも》うが、龍神族《りゅうじんぞく》の女《おんな》は、気《き》がつええんだ。特《とく》に王族《おうぞく》の母君《ははぎみ》は、美人《びじん》ぞろいだが、とにかくコワい。ぼっちゃんをはじめ、龍神族《りゅうじんぞく》の男《おとこ》たちは、母親《ははおや》にだけは頭《あたま》が上《あ》がらねえんだよ。」

（えーっ、そうなの？）

びっくりして、王子《おうじ》たちを見《み》た。たしかに四人《にん》とも、手紙《てがみ》を見《み》つめて、ずいぶん神妙《しんみょう》な顔《かお》をしている。

だけどよく見《み》たら、それぞれちょっとずつ、リアクションがちがうことに気《き》がついた。リュウはまるで通知表《つうちひょう》を見《み》るように、手紙《てがみ》の中《なか》に顔《かお》をつっこんでおそるおそる読《よ》んでいるし、ジュンは気《き》のせいか、ちょっとほおを赤《あか》らめている。セイは目《め》で字《じ》を追《お》いながら、ときどき頭《あたま》をかいているから、お説教《せっきょう》が書《か》かれているのかな？

それぞれの手紙《てがみ》の内容《ないよう》を思《おも》い浮《う》かべながら、うふふと笑《わら》う。

（あれ、コウさんは……？）

狭《せま》い庭《にわ》をきょろきょろ見《み》まわすと、コウさんは、縁側《えんがわ》のはしっこに座《すわ》って手紙《てがみ》を読《よ》んでいた。日陰《ひかげ》のせいか、顔色《かおいろ》がすぐれないように見《み》える。

（どうしたのかな？）

「みんな、しっかり読《よ》んだ？　もしも返事《へんじ》を書《か》くのなら、ベニが、龍神界《りゅうじんかい》にちゃあんと届《とど》

けてあげるから、いつでも言《い》ってね。」

笑顔《えがお》でそう言《い》うと、ちらっとわたしを見《み》て、勝《か》ちほこったかのようにふふんと鼻《はな》で笑《わら》った。まるで、『あんたなんて、なんの役《やく》にも立《た》たないでしょ。』って言《い》ってるみたいだ。

(なに、その態度《たいど》。感《かん》じ悪《わる》い！)

頭《あたま》にきて、むうっと口《くち》をとがらせる。


「おい、ベニ。これでもう、用事《ようじ》は終《お》わったんだろ。だったらさっさと龍神界《りゅうじんかい》に帰《かえ》れ。」

手紙《てがみ》を読《よ》みおえたリュウが、封筒《ふうとう》に手紙《てがみ》をねじこみながらベニに言《い》った。だけど、ベニは気《き》にしない。

「え～？　せっかく人間界《にんげんかい》に来《き》たんだもーん。もうちょっとリュウのそばにいるよ～。」

そう言《い》って、またリュウの腕《うで》にまとわりついている。

「なんでだよ、早《はや》く帰《かえ》れ！」

リュウが腕《うで》をふりはらってどなっても、ベニはにこにこ笑《わら》ったままだ。

「リュウってば、怒《おこ》ってる顔《かお》もカワイイ～♡」

そう言《い》って、またこりずにリュウにくっついている。

(……す、すごいな、この子《こ》。)

リュウにキツいことを言《い》われても、ぜんぜんへこんでいない。もしもわたしだったら、好《す》きな男《おとこ》の子《こ》に『早《はや》く帰《かえ》れ。』なんて言《い》われたら、落《お》ちこんじゃいそうだけど。

「おい、さっきから、何《なに》をさわいでおる。店《みせ》までつつぬけじゃぞ!」

縁側《えんがわ》から、おばあちゃんが顔《かお》を出《だ》した。巫女装束《みこしょうぞく》のままだから、お店《みせ》からそのまま来《き》たのだろう。手《て》にはしっかりと、『龍《りゅう》の宝珠《ほうじゅ》』をかかえている。

「おや、だれじゃ、そのおなごは。」

ベニの姿《すがた》を見《み》つけ、おばあちゃんが目《め》をカッと見開《みひら》く。

「……その顔立《かおだ》ち、もしや、おぬしも龍神族《りゅうじんぞく》か!」

ベニは、おばあちゃんを見《み》て度肝《どぎも》をぬかれたようだ。口《くち》をぽかんと開《あ》けたまま、かたまっている。

(そりゃあびっくりするよね。いきなり家《いえ》から巫女《みこ》のかっこうをしたおばあさんが出《で》てきたんだもん。）

そう思《おも》っていたら、ベニが小声《こごえ》でこわごわわたしにきいてきた。

「……ねえ、あれも人間《にんげん》なの？　初《はじ》めて見《み》る種類だけど。」

思《おも》わず、ずるっとその場《ば》ですべりそうになる。

（『人間《にんげん》なの？』って、そこから？　いくらなんでも失礼《しつれい》ねえ！）

たしかにちょっと、人間《にんげん》ばなれはしてるけど、あれでもれっきとした、わたしのおばあちゃんなんだからねっ！

「そうだよ、わたしのおばあちゃん。家《いえ》で占《うらな》いをやってるの。だから、あんなかっこうしてるんだ。」

そう説明《せつめい》すると、ベニは「へえ～。」と言《い》いながら、おばあちゃんに近《ちか》よって、しげしげとながめた。

「ふうん。この人《ひと》、『おばあちゃん』っていうんだ。人間《にんげん》って、年《とし》をとったらこんなにしわくちゃになるんだねえ。すっごお～い。」

ずいぶん失礼《しつれい》なことを言《い》われているのに、

「どうじゃ、すごいだろう。」

おばあちゃんはなぜだか胸《むね》を張《は》って、いばっている。

「ん？　これは、なに？」

ベニは、おばあちゃんが手《て》に持《も》っている玉《たま》を指《ゆび》さしてきいてきた。

「おう、これは命《いのち》よりも大事《だいじ》な龍《りゅう》の宝珠《ほうじゅ》じゃ。」

おばあちゃんが答《こた》えると、ベニが目《め》をみはった。

「……龍《りゅう》の宝珠《ほうじゅ》！」

そう言《い》うなり、ベニはあっという間《ま》におばあちゃんの手《て》から『龍《りゅう》の宝珠《ほうじゅ》』を取《と》りあげた。

「はい。これでリュウが、龍王《りゅうおう》だね！」

ベニはにこにこ笑《わら》いながら、リュウの目《め》の前《まえ》に龍《りゅう》の宝珠《ほうじゅ》を差《さ》しだした。だけど、リュウは無言《むごん》でそれを受《う》け取《と》ると、すぐにおばあちゃんの手《て》にもどした。

「え〜っ、なんで返《かえ》しちゃうの？　ベニ、せっかくリュウに渡《わた》してあげたのにぃ〜。」

ベニが、ほっぺたをぷうっとふくらませる。

「ばかやろう。これは、金龍《きんりゅう》に代替《だいが》わりしたときの龍《りゅう》の宝珠《ほうじゅ》だ。『龍王《りゅうおう》の代替《だいが》わり』をするには、今《いま》から新《あたら》しいのを作《つく》りださなきゃいけねえんだよっ！」

リュウにどなられ、ベニは目《め》に見《み》えてしょんぼりした。

「なあんだ。そうだったんだあ。あ〜あ、せっかく、リュウが龍王《りゅうおう》になれると思《おも》ったのにぃ。」

がっくり肩《かた》を落《お》として落《お》ちこんでいるベニの姿《すがた》を見《み》て、わたしは思《おも》わずくすっと笑《わら》ってしまった。

この女《おんな》の子《こ》、さっきから見《み》ていたら、すっごく気《き》はつよそうだけど、案外《あんがい》おっちょこちょいなところがあるのかも。

そう思《おも》っていたら、ギロッとベニににらまれた。

「ちょっと、なに笑《わら》ってるのよっ！」

「べ、別《べつ》に？」

わたしはあわてて笑《わら》うのをやめて、知《し》らん顔《かお》をした。

「なんじゃ。この娘《むすめ》は、赤髪《あかがみ》の小僧《こぞう》の『がある・ふれんど』か？」

おばあちゃんにきかれて、リュウが即座《そくざ》に否定《ひてい》する。

「そんなわけねえだろうが、このくそばばあ。」

だけど、ベニは「きゃあん。」と言《い》って、今度《こんど》はおばあちゃんに抱《だ》きついた。

「そうなの！　ベニ、リュウのガールフレンドで、未来《みらい》のお嫁《よめ》さんなの！　やっぱ、わかるぅ？」

おばあちゃんは、カカカと高笑《たかわら》いして深《ふか》くうなずいた。

「おう、わかるとも！　なんたって、わしは占《うらな》い師《し》じゃからのう。どれどれ、相性《あいしょう》をみてやろう。」

そう言《い》うなり、おばあちゃんは龍《りゅう》の宝珠《ほうじゅ》ごしにベニとリュウを見《み》くらべた。

「なるほどなるほど、こりゃあいい。ふたりとも、またとない相性《あいしょう》じゃ！」

（よく言《い》うよ。）

わたしは白《しら》けた気持《きも》ちで、おばあちゃんを見《み》た。

おばあちゃんは占《うらな》い師《し》なんて言《い》ってるけど、神通力《じんつうりき》なんてまるでない。いつもやってる占《うらな》いだって、その場《ば》で思《おも》いついたことを適当《てきとう》に言《い》っているだけだ。それでもお客《きゃく》さんが来《く》

るのは、パパとママがやってる着《き》ぐるみダンスがウケてるからなのに。

ベニは、おばあちゃんの言葉《ことば》に、すっかり気《き》をよくしたようで、ますます目《め》を輝《かがや》かせた。

「ベニ、おばあちゃんのこと、好《す》きになったかも〜！」

「おう、そうか。それはよかった！」

おばあちゃんも、にこにこ笑《わら》っている。

「ねえねえ、おばあちゃん。ところで、『占《うらな》い師《し》』ってなんなの？　なんでそんなかっこうしてるわけ？」

「それはじゃなあ。」

なぜだかふたりは、話《はなし》がはずみ、意気投合《いきとうごう》している。

オレンジ色《いろ》の髪《かみ》のド派手《はで》な美少女《びしょうじょ》と、巫女装束《みこしょうぞく》のブキミな年《とし》より。

見《み》れば見《み》るほど、奇妙《きみょう》な光景《こうけい》だ。

（いったい、どういう組《く》み合《あ》わせよ……！）

あきれて見《み》ていたら、ジュンとセイが、手紙《てがみ》を手《て》に庭《にわ》から縁側《えんがわ》へと上《あ》がろうとしていた。

「こんなところでしゃべっていても、暑《あつ》いだけだ。わたしは部屋《へや》に入《はい》るぞ。」

「めずらしく、ジュンと同感《どうかん》。俺《おれ》もバイトの時間《じかん》まで、クーラーの効《き》いた部屋《へや》で、昼寝《ひるね》でもするかなあ。」

ふたりはそう言《い》って、さっさと家《いえ》の中《なか》に入《はい》ってしまった。

なのにコウさんは、まだ縁側《えんがわ》に座《すわ》ってじっと手紙《てがみ》に目《め》を落《お》としている。ふだんのコウさんからは考《かんが》えられないくらい、険《けわ》しい表情《ひょうじょう》だ。

（きっと、お母《かあ》さんからの手紙《てがみ》に、『一日《にち》も早《はや》く龍王《りゅうおう》になるためにがんばって。』とか、書《か》いてあるんだろうな。）

やさしいコウさんは、お母《かあ》さんの期待《きたい》にまだ応《こた》えられていないことに、心《こころ》を痛《いた》めているのかも。

（わたしのせいだよね……。）

エプロンのすそを、きゅっとにぎりしめる。

もしかしたら、『玉呼《たまよ》びの巫女《みこ》』であるわたしが、心《こころ》の底《そこ》で王子《おうじ》たちとの別《わか》れをいやだなんて思《おも》っているから、コウさんの玉《たま》が出《で》てこないのかな。

リュウが言《い》うように、玉《たま》が出《で》るために、もっといろんなことを試《ため》したほうがいいのかもしれない。

（それは、頭《あたま》では、わかってるんだけど……。）

だけど、わたし、やっぱりまだ王子《おうじ》たちと別《わか》れたくない！

しょんぼりしていたら、やっぱりまだおばあちゃんがわたしの背中《せなか》をたたいた。

「ほれ、こんな狭《せま》い庭《にわ》にいても暑《あつ》かろう。珠梨《じゅり》、ベニちゃんに冷《つめ》たいものでも出《だ》してあげ。」

「えっ！」

おばあちゃんの言葉《ことば》に、目《め》を丸《まる》くする。

「ちょっと待《ま》ってよ、おばあちゃん。あの子《こ》を家《いえ》に入《い》れるの？」

するとおばあちゃんは、あたりまえだと言《い》わんばかりにうなずいた。

「そりゃあそうだろう。せっかく遠《とお》いところから来《き》てくれたんじゃや。ちょうど夏休《なつやす》みだし、好《す》きなだけ、ここにいればいいじゃないか。」

「えええええっ！」

「きゃあん！」

わたしのさけび声《ごえ》と、ベニの声《こえ》が重《かさ》なった。

ちょ、ちょっと待《ま》ってよ！

ただでさえ、四人《にん》の王子《おうじ》で手《て》いっぱいなのに、このいかにもトラブルを起《お》こしそうな龍《りゅう》神族《じんぞく》の女《おんな》の子《こ》も、わが家《や》でめんどうを見《み》るっていうの？

「今《いま》、うちにいるのは男《おとこ》の子《こ》ばかりだから、珠梨《じゅり》もよかったじゃないか。」

「ほんと、こんなかわいい女《おんな》の子《こ》が増《ふ》えて、ママもうれしいわあ。」

いつの間《ま》にかもどってきていたパパとママが、口《くち》をはさんできた。あいかわらず、何《なに》も考《かんが》えていない。

「わーい、それならベニ、リュウが龍王《りゅうおう》になるまで、ずうっとそばにいるねっ！」

「お、おい、はなれろって！」

とたんにリュウが腕《うで》をふりはらう。それでもめげずに、ベニはリュウにもう一度《いちど》抱《だ》きついた。

「やーだ。絶対《ぜったい》はなれなーい。」

わたしはその様子《ようす》を横目《よこめ》で見《み》て、大《おお》きくため息《いき》をついた。

（ああ、またトラブルの予感《よかん》……！）

3 わがままなお嬢《じょう》さま

おばあちゃんの勝手《かって》な判断《はんだん》で、結局《けっきょく》ベニは、わが家《や》でめんどうを見《み》ることになってしまった。

(あ〜あ、こんな狭《せま》い家《いえ》に居候《いそうろう》が五人《にん》だなんて、ますます部屋《へや》が狭《せま》くなっちゃうよ。)

台所《だいどころ》でネギを刻《きざ》みながら、ため息《いき》をつく。

いちおう、セイは、アルバイトをしているおとなりの喫茶店《きっさてん》、『ザ・ドラゴン』の二階《かい》で寝泊《ねと》まりしてはいるけれど、基本的《きほんてき》に生活《せいかつ》の場《ば》はわが家《や》だし、はなれの倉庫《そうこ》にはリュウとコウさん、それからジュンが寝泊《ねと》まりしている。まさか女《おんな》の子《こ》のベニをそこに寝《ね》かせるわけにはいかないから、必然的《ひつぜんてき》にわたしの部屋《へや》で寝《ね》ることになってしまった。

(まあ、それはしかたないんだけど。)

ちらっと横目《よこめ》で居間《いま》を見《み》る。

「ねえねえ、リュウ〜。テレビっておもしろいねえ。ベニ、こんなの初《はじ》めて観《み》た〜。」

ベニは、さっきからリュウの背中《せなか》にくっついて、ずうっとテレビを観《み》ている。その横《よこ》には、夕方取《ゆうがたと》りこんだ大量《たいりょう》の洗濯物《せんたくもの》の山《やま》があるというのに、知《し》らん顔《かお》だ。

いつもはこんなとき、率先《そっせん》して手伝《てつだ》ってくれるコウさんも、お母《かあ》さんからの手紙《てがみ》を読《よ》んでからというもの、ずっと元気《げんき》がないままで、居間《いま》のすみでぼんやりと座《すわ》っている。

(ま、コウさんはしょうがないよね。……でも！)

わたしはほかのメンバーをキッとにらみつけた。

ジュンとセイは、さっきから当然《とうぜん》のようにそれぞれ本《ほん》を読《よ》んだり、音楽《おんがく》を聞《き》いたりしてゴロゴロしているし、リュウとベニは、ずうっと居間《いま》でテレビを観《み》ている。

ぐらぐらと煮《に》えたぎるお湯《ゆ》の中《なか》に、大量《たいりょう》のそうめんをぶちこんだ。

(どいつもこいつもまったく！　居候《いそうろう》なら、居候《いそうろう》らしく、お手伝《てつだ》いくらいしてくれてもいいじゃん！)

「ねえ。珠梨《じゅり》！　ジュースちょうだい！」

居間《いま》から、ベニの声《こえ》が聞《き》こえてきた。その言葉《ことば》に、カチンとくる。

テーブルには、ペットボトルに入《はい》ったオレンジジュースが置《お》いてある。まだ半分以上中身《はんぶんいじょうなかみ》が残《のこ》っているというのに、このうえ、ちがう種類《しゅるい》のジュースが欲《ほ》しいとでも言《い》うのだろうか？

（王族《おうぞく》だかなんだか知《し》らないけど、そんなわがままは通《とお》らないんだからっ。ここは、バシッと言《い》っとかなきゃ！）

わたしは菜箸《さいばし》を持《も》ったまま、どすどすと足音《あしおと》を立《た》てて居間《いま》に向《む》かった。

「ねえ、よく見《み》て！　まだ中身《なかみ》が半分以上残《はんぶんいじょうのこ》ってるでしょ？　これを全部飲《ぜんぶの》んでからじゃないと、新《あたら》しいジュースは出《だ》せませんっ！　わかった？」

菜箸《さいばし》でペットボトルを指《さ》しながら、声《こえ》をあららげてそう言《い》うと、ベニはからっぽのコップを持《も》ってきょとんとした。

「そんなこと、言《い》われなくてもわかってるよ？」

「……はっ？　じゃあ、さっき『ジュースちょうだい。』って言《い》ったのは、どういうこと？」

意味《いみ》がわからず、きいてみる。

するとベニは、にっこり笑《わら》って答《こた》えた。

「だからあ、ベニは、このジュースのおかわりを入《い》れてって言《い》ってるんじゃな〜い。」

「はあ〜〜〜っ？」

わたしは、あきれてあごがはずれそうになった。

ひとりでてんてこまいしながら晩《ばん》ごはんの準備《じゅんび》をしているこのわたしに、わざわざ居間《いま》に来《き》て、ジュースを注《つ》げって言《い》うわけ？

（もう、あったまきた！）

「あのねえ！」

そこまで言《い》いかけたとき、台所《だいどころ》から、ジュブジュブ、ジュワーッというやな音《おと》が聞《き》こえてきた。

（えっ。）

急《いそ》いで台所《だいどころ》にもどってみると、大量《たいりょう》の真《ま》っ白《しろ》いお湯《ゆ》が、鍋《なべ》からざぶざぶふきこぼれている。

「ぎゃあ〜〜〜、そうめんがあ！」

あわてて火《ひ》を止《と》めたけど、ガスレンジには大量《たいりょう》のそうめんがあふれだし、あたりにはもうもうと白《しろ》い湯気《ゆげ》が立《た》っていた。

（あ〜あ、サイアク。）

晩《ばん》ごはんのあと、わたしは、ふきんでガスレンジをみがきおえ、大《おお》きく息《いき》をついた。

（やっと、終《お》わったあ〜。）

ついこの間《あいだ》、時間《じかん》をかけてぴかぴかにみがいたところなのに、さっきそうめんをふきこぼしたせいで、五徳《ごとく》にそうめんがこびりついてしまった。おまけに床《ゆか》にもそうめんがこぼれて、もったいないことをしてしまったし。

「さ、これでおしまいっと。」

使《つか》いおわった大量《たいりょう》のふきんを洗濯機《せんたくき》にほうりこみ、生《なま》ごみを入《い》れた袋《ふくろ》を持《も》って、勝手口《かってぐち》から外《そと》に出《で》ようとしたら、背後《はいご》からベニの声《こえ》が聞《き》こえてきた。

「やだあ、これ、おもしろいね〜、リュウ。」

ベニはジュースが気《き》に入《い》ったようで、晩《ばん》ごはんには目《め》もくれず、ずーっとジュースばかり飲《の》んでいた。今《いま》も王子《おうじ》たちとテレビを観《み》ておしゃべりしているし、わがまま放題《ほうだい》だ。このあと、わたしの部屋《へや》でいっしょに寝《ね》なくちゃいけないと思《おも》ったら、気《き》がめいる。

(あ〜あ、今日《きょう》はふんだりけったりだったなあ。)

ポリバケツに生《なま》ごみをほうりこんで、空《そら》を見上《みあ》げた。

「わあ、星《ほし》がよく見《み》えるなあ。」

冬《ふゆ》のほうが空気《くうき》が冷《つめ》たいせいか、星《ほし》がきれいに見《み》えるけど、わたしは夏《なつ》の星《ほし》もけっこう好《す》き。手《て》をのばせば届《とど》きそうなくらい、近《ちか》くに見《み》えるから。

このあたりは商店街《しょうてんがい》だけど、八時《じ》までにほとんどのお店《みせ》が閉《し》まってしまう。おまけに、田舎《いなか》だから背《せ》の高《たか》いビルもないし、星《ほし》がすごくきれいに見《み》えるのだ。

これだけ星《ほし》が見《み》えるということは、明日《あした》も天気《てんき》がいいのかも。

実《じつ》は、このところ、大雨《おおあめ》が続《つづ》いたり、かと思《おも》えばカンカン照《で》りの日《ひ》が続《つづ》いたりして、ずっと天気《てんき》が不安定《ふあんてい》だった。

（……『龍王《りゅうおう》の代替《だいが》わり』が進《すす》まないせいだよね……。）

そういえば、コウさんは晩《ばん》ごはんのときも、やっぱり元気《げんき》がなかった。ごはんのあとも、ひとりだけさっさと自分《じぶん》たちの部屋《へや》にもどってしまったし。

いつもなら、おしゃべりをしながら、ごはんのあとかたづけを手伝《てつだ》ってくれるのに。

（やっぱりコウさん、落《お》ちこんでるのかなあ……。）

そっと両手《りょうて》を合《あ》わせて、ゆっくりと開《ひら》いてみる。

このところ、ずっとやっているけど、いくらやっても、玉《たま》は出《で》てこない。リュウにせがまれる、あのへんてこりんな呪文《じゅもん》もこっそり唱《とな》えてみたけど、それでもやっぱり玉《たま》は出《で》てこなかった。

真剣《しんけん》な表情《ひょうじょう》で手紙《てがみ》を読《よ》んでいたコウさんの顔《かお》を思《おも》いだし、はあっと息《いき》をはく。

セイが玉《たま》を手《て》に入《い》れてから、まだそんなに日《ひ》にちがたっているわけじゃない。だから、心配《しんぱい》しなくてもいいと思《おも》う反面《はんめん》、ちょっぴり罪悪感《ざいあくかん》がある。

（もしかしたら、わたしが、まだ玉《たま》は出《で》ないでいいなんて思《おも》ってるから、出《で》てこないのかな。)

わたしの意志《いし》ではどうしようもないってわかっていても、ちょっぴりそんなふうに考《かんが》えてしまう。

コウさんを悲《かな》しませたくないし、かといって、王子《おうじ》たちとは別《わか》れたくないし。

(あ〜あ、こんなこと思《おも》っちゃうなんて、わたし、『玉呼《たまよ》びの巫女《みこ》』失格《しっかく》だなあ……。)

「いいや。そんなこと、ないぞ!」

いきなり背後《はいご》で声《こえ》がして、その場《ば》で飛《と》びあがった。

「だ、だれっ?」

あたりをきょろきょろ見《み》まわして、なあんだと息《いき》をつく。

いつの間《ま》にやってきたのか、わたしの足元《あしもと》に、ちょっと太《ふと》った金色《きんいろ》の猫《ねこ》がちょこんと座《すわ》っていた。

「もう、金龍《きんりゅう》さんってば、おどろかさないでよ。」

そう言《い》って抱《だ》きあげると、猫《ねこ》の頭《あたま》の上《うえ》からずるりとミニチュアサイズの金髪《きんぱつ》の男《おとこ》の人《ひと》が姿《すがた》を現《あらわ》した。

ブルーの瞳《ひとみ》に、整《ととの》った顔《かお》。

全身金《ぜんしんきん》ぴかの服《ふく》を着《き》て、耳《みみ》には大《おお》きな龍《りゅう》のピアスをしている。

金龍《きんりゅう》さんは、セイのおじいちゃんで、現龍王《げんりゅうおう》だ。『龍《りゅう》の宝珠《ほうじゅ》』の力《ちから》で、長《なが》らく龍神界《りゅうじんかい》を治《おさ》めてきたんだけれど、『龍王《りゅうおう》の代替《だいが》わり』が進《すす》むにつれ、少《すこ》しずつ力《ちから》を失《うしな》ってしまうらしい。そのことを他人《たにん》に知《し》られないよう、猫《ねこ》の姿《すがた》を借《か》りて身《み》をかくしている。だから、用《よう》事《じ》があるときは、わたしがひとりのときに、こうやってこっそり現《あらわ》れるのだ。

「今日《きょう》は別《べつ》に用《よう》があるわけじゃないぞ？　わしはただ、落《お》ちこんでいる珠梨《じゅり》ちゃんを慰《なぐさ》めようと、あえて危険《きけん》をおかしてまでも、こうやって出《で》てきたというわけじゃ。」

金龍《きんりゅう》さんは、恩着《おんき》せがましくそう言《い》うと、背《せ》のびをして、わたしの頭《あたま》をぽんぽんと軽《かる》くたたいた。

「どうじゃ、今《いま》、ちょっと胸《むね》がキュンとしたじゃろ？　人間《にんげん》の世界《せかい》では、こういうのがはやっとると、前《まえ》にテレビで言《い》うとったわい。」

そう言《い》うと、自慢《じまん》げに鼻《はな》の穴《あな》をふくらませて、ふんぞりかえっている。

「んもう、いったい、どこでテレビなんか観《み》てるの？　そんなことしてて、『邪《じゃ》の者《もの》』につかまったらどうすんのさ。」

わたしが言《い》うと、金龍《きんりゅう》さんは背中《せなか》をそらして、カカカと笑《わら》った。

「まあまあ、そのときはそのとき。かたいこと言《い》いっこなしじゃ。」

(んも〜、あいかわらずなんだから。)

金龍《きんりゅう》さんは、見《み》た目《め》はうっとりするくらいの美形《びけい》なんだけど、このじじむさいしゃべり方《かた》と、いいかげんな性格《せいかく》のせいで、ずいぶん損《そん》をしているような気《き》がする。

「しかし珠梨《じゅり》ちゃん。玉《たま》が出《で》るのは、タイミングじゃからな。いくら珠梨《じゅり》ちゃんが『玉呼《たまよ》びの巫女《みこ》』であろうとも、それをコントロールすることなどできん。悩《なや》んでもしょうがないことは、悩《なや》むだけムダじゃ。」

「それはわかってるけどさ。」

わたしは、よっこらしょと猫《ねこ》さんをかかえなおした。

「コウさんが落《お》ちこんでる顔《かお》を見《み》てたら、わたしも落《お》ちこんじゃうんだよねえ。」

もう一度《いちど》、はあっと息《いき》をつくと、金龍《きんりゅう》さんがつぶやいた。

「そういえば、ユナミンもかつて、珠梨《じゅり》ちゃんと同《おな》じように悩《なや》んでおったのう。」

「え、ユナミさんも？」

わたしが身《み》をのりだしてきくと、金龍《きんりゅう》さんは大《おお》きくうなずいた。

ユナミさんというのは、わたしのご先祖《せんぞ》さま。先代《せんだい》の『玉呼《たまよ》びの巫女《みこ》』だ。もちろん今《いま》はもうこの世《よ》にはいなくて、ときどき、わたしに用事《ようじ》があるときには、おばあちゃんの体《からだ》を借《か》りて現《あらわ》れる。ちょっとギャルっぽいところが玉《たま》にキズだけど、たよりになる『玉呼《たまよ》びの巫女《みこ》』の先輩だ。

「まあ、せいぜい元気《げんき》を出《だ》すんじゃな。わしは、いつも珠梨《じゅり》ちゃんのことを見守《みまも》っとるからの。」

そう言《い》うと、金龍《きんりゅう》さんはまたずぶずぶと猫《ねこ》さんの頭《あたま》の中《なか》にしずんでいった。

そして、みゃあんと一声鳴《ひとこえな》くと、鈴《すず》を鳴《な》らして、商店街《しょうてんがい》の裏通《うらどお》りへと姿《すがた》を消《け》した。

わたしは金龍《きんりゅう》さんを見送《みおく》ったあと、もう一度空《いちどそら》を見上《みあ》げた。

（ま、たしかに悩《なや》んだってしょうがないかもね。）

コウさんの玉《たま》がいつ出《で》るのか、だれが龍王《りゅうおう》になるのか、そして、そのあといつ、王子《おうじ》たちはわたしの前《まえ》からいなくなってしまうのか……。

いくら考《かんが》えたって、先《さき》のことは、だれにもわからない。

それなら、たしかに金龍《きんりゅう》さんの言《い》うとおり、悩《なや》むだけムダなのかもしれない。

そのとき、突然《とつぜん》、勝手口《かってぐち》のドアが開《ひら》いた。

「ねえ、珠梨《じゅり》～。眠《ねむ》たいんだけど、ベニのベッドルームはどこにあるの？」

ベニが目《め》をこすりながら、わたしに訴《うった》える。

「ベッドルームなんて、ないよ！　言《い》っとくけど、ベニは居候《いそうろう》なんだから、わたしの部屋《へや》におふとんしいて雑魚寝《ざこね》だからね。」

あきれ顔《がお》でそう言《い》うと、ベニはあごに指《ゆび》を置《お》いて、きょとんと首《くび》をかしげた。

「ざこねって、なに？」

（……そこから？）

わたしは、がっくり肩《かた》を落《お》とした。

せっかくの夏休《なつやす》みだというのに、家事《かじ》に、学校《がっこう》の宿題《しゅくだい》に、王子《おうじ》たちの世話《せわ》、それからわがままなお嬢《じょう》さまのお相手《あいて》まで。

どうして、わたしばっかりこんな目《め》にあわなきゃいけないわけ？

（あ〜あ、この先《さき》、どうなっちゃうんだろ？　いやな予感《よかん》しかしないんだけど！）

わたしは暗《くら》い気持《きも》ちで、しぶしぶ家《いえ》の中《なか》へと入《はい》っていった。


翌朝《よくあさ》。六時《じ》に枕元《まくらもと》の目覚《めざ》まし時計《どけい》が鳴《な》りひびき、ふとんから起《お》きあがると、となりのふとんで、ベニもぱちっと目《め》を覚《さ》ました。

「ベニも起《お》きるの？　今《いま》からわたし、朝《あさ》ごはんの用意《ようい》をするんだよ？」

わたしがきくと、ベニは目《め》をこすりながらうなずいた。

「だって、ベニ、リュウのお世話《せわ》がしたいんだもん。」

「お世話《せわ》って？」

するとベニはうーんとしばらく考《かんが》えてから、立《た》ちあがった。

「ベニもよくわかんないけど、食料《しょくりょう》の用意《ようい》したり、リュウが喜《よろこ》んでくれそうなこと、いろいろだよ！　だってリュウったら、珠梨《じゅり》と結婚《けっこん》するとか言《い》うんだもん。ベニにだってちゃーんとリュウのお世話《せわ》ができるってこと、証明《しょうめい》しなきゃ！」

(家《いえ》の用事《ようじ》を手伝《てつだ》ってもらえるってことかな。)

それなら、ベニがいてくれるほうが助《たす》かるかも。

「じゃあ、さっそく朝《あさ》ごはんの用意《ようい》、手伝《てつだ》ってくれる?」

わたしが言《い》ったら、

「待《ま》って! リュウの分《ぶん》は、ベニがするから。珠梨《じゅり》は手出《てだ》ししないで!」

ベニはそう言《い》いながら、台所《だいどころ》についてきた。

「まずは、サラダを作《つく》ろうかな。」

そう言《い》って、冷蔵庫《れいぞうこ》からレタスを取《と》りだし、葉《は》をむしりはじめたら、いきなりベニに取《と》りあげられた。

「なんでいちいち野菜《やさい》をちぎったりするの? あのねえ、あんたは知《し》らないと思《おも》うけど、龍神《りゅうじん》の世界《せかい》では、そんなめんどうなことはしないの!」

そう言《い》って、お皿《さら》にレタスをまるごと、どーんとのせた。

(……げっ!)

たしかに、王子《おうじ》たちも最初《さいしょ》は『料理《りょうり》』した食事《しょくじ》を出《だ》すと、おどろいていた。だけど、すぐに人間界《にんげんかい》の食《た》べ物《もの》（食材《しょくざい》を『料理《りょうり》』したもの、市販《しはん》されているおやつやスイーツなど）になれてしまって、今《いま》では人間《にんげん》とまったく同《おな》じものを食《た》べているはず、……なんだけど。

「あとは――。」

ベニは冷蔵庫《れいぞうこ》に顔《かお》をつっこんで、生卵《なまたまご》を取《と》りだすと、レタスの横《よこ》に転《ころ》がした。

「はい！　これで、リュウの朝《あさ》ごはんのできあがり！　もう用意《ようい》できちゃったし、ベニ、もう一回寝《かいね》てこようっと。」

そう言《い》うと、ベニはふわあっと大《おお》きなあくびをしてから、また部屋《へや》へともどっていった。

（……うーん、リュウのごはん、ホントにそれでいいのかなあ……。）

白《しろ》いごはんに、ネギの入《はい》った卵焼《たまごや》き、わかめとおふのおみそしる。それから簡単《かんたん》な野菜《やさい》サラダ。デザートは、半分《はんぶん》に切《き》ったキウイフルーツ。

朝《あさ》ごはんの準備《じゅんび》が整《ととの》ったころ、

「おはよう、珠梨《じゅり》ちゃん。」

「今日《きょう》の朝飯《あさめし》はなんだ？」

「ベイビーちゃん、今日《きょう》もカワイイね。」

それぞれあいさつをしながら、ねぼけまなこの王子《おうじ》たちがぞろぞろと居間《いま》に集《あつ》まってきた。

「珠梨《じゅり》〜っ！　朝飯《あさめし》まだか〜。」

寝起《ねお》きの悪《わる》いリュウは、朝《あさ》ごはんを食《た》べるまで、いつもきげんが悪《わる》い。今日《きょう》も、テーブルの前《まえ》でふきげんそうに座《すわ》っている。

「はあい、リュウ。お待《ま》たせ〜、今日《きょう》はベニが朝《あさ》ごはん、用意《ようい》したよ〜。」

ベニは歌《うた》うようにそう言《い》って、リュウの前《まえ》にまるごとのレタスと生卵《なまたまご》がのったお皿《さら》を、どんと置《お》いた。とたんに、リュウの顔色《かおいろ》が変《か》わる。

「なんだよ、これ！」

すると、ベニはきょとんとして首《くび》をかしげた。

「なにって、朝《あさ》ごはんだよ？　リュウ、おなかがすいてるんでしょ？　さあ、めしあがれ♪」

手《て》でハートを作《つく》って、にっこりほほえむ。

「ばかやろう！　俺《おれ》が食《く》いてえのは、こんな朝飯《あさめし》じゃねえ！」

リュウはすっかり怒《おこ》ってしまったようで、どかんとテーブルをたたいた。

「んもう、リュウってば、どうしちゃったの？　ほら、おいしそうじゃん。どうして食《た》べないわけ？」

ベニはそう言《い》うなり、おもむろに、リュウの前《まえ》に置《お》いたお皿《さら》からレタスを持《も》ちあげ、そのまま大《おお》きな口《くち》を開《あ》けてむしゃむしゃ食《た》べはじめた。

ベニみたいな美少女《びしょうじょ》が、レタスをまるごと食《た》べている姿《すがた》は圧巻《あっかん》だ。思《おも》わず、たじろぐ。

（す、すごっ！）

「おまえなあ、よく見《み》てみろ！」

そう言《い》って、リュウはほかの王子《おうじ》たちの前《まえ》に並《なら》ぶお皿《さら》を指《ゆび》さした。

「俺《おれ》はああいう『料理《りょうり》』してあるものが、食《く》いてえんだよ。」

「……『料理《りょうり》』？」

ベニが、くちびるをとがらせて、首《くび》をかしげる。

リュウは、いらだったように続《つづ》けた。

「昨日《きのう》の晩飯《ばんめし》だって、そうだっただろ！　人間《にんげん》の世界《せかい》では、食《た》べ物《もの》はそのまんま食《く》わねえんだよ！　切《き》ったり、焼《や》いたり、味《あじ》つけしたり、いろいろ工夫《くふう》するんだ。それが、とにかくめちゃめちゃうめえ。だから俺《おれ》、もう『料理《りょうり》』してあるもんしか食《く》いたくねえ。」

そう言《い》って、自分《じぶん》の前《まえ》に置《お》いてあるお皿《さら》を、ぐいっと手《て》で押《お》しのけた。

「えーっ、だって、あんまりおいしそうじゃないんだもん。ホントに、そんなにおいしいの？」

ベニは、じろじろとわたしの席《せき》に置《お》いてある料理《りょうり》をながめると、おもむろに、おわんを持《も》ちあげ、くんくんと鼻《はな》を鳴《な》らしはじめた。

「この液体《えきたい》、なに？」

「おみそしるだよ。ベニも飲《の》んでみる？」

わたしが答《こた》えたら、ベニはあっという間《ま》にごくごくと飲《の》みはじめた。

「……ホントだ。おいしい！」

そして今度《こんど》はお皿《さら》から卵焼《たまごや》きをつまみあげ、ぽいぽい口《くち》に入《い》れはじめた。ごはんも、手《て》

づかみで食《た》べている。

「えええええ、なに、これ。ぜえんぶ、すっごいおいしいんだけど！」

大声《おおごえ》でそう言《い》うと、ベニははっとした表情《ひょうじょう》になって、ぶんぶんと首《くび》をふった。

「ふっ、ふーんだ！　ベニだって、こんなの、簡単《かんたん》にできちゃうもんねーだ。待《ま》ってて、リュウ。ベニが、珠梨《じゅり》なんかより、もおっとおいしい『料理《りょうり》』、作《つく》ってあげるから！」

言《い》うなり、ベニは台所《だいどころ》へかけこんだ。心配《しんぱい》になって、あとを追《お》う。

「ねえ、ベニ、作《つく》り方《かた》、わかるの？　わたしが教《おし》えてあげようか？」

猫《ねこ》なで声《ごえ》でそう言《い》っても、

「あんたなんかに教《おし》えてもらわなくても、ベニ、ひとりでちゃ～んと作《つく》れるし！」

ベニは、かたくなに首《くび》をふる。

（ホントに大丈夫《だいじょうぶ》かなあ……。）

心配《しんぱい》しながらも、思《おも》いなおす。

そういえば、前《まえ》に王子《おうじ》たちにぬいものを手伝《てつだ》ってもらったとき、みんな、はじめから上《じょう》手《ず》にできていた。龍神《りゅうじん》ってなんでもできちゃうみたいだから、ベニだって、意外《いがい》と料理《りょうり》上《じょう》手《ず》なのかもしれない。

そう思《おも》って、居間《いま》にもどってテーブルに着《つ》くと、
ガン！　ガン！　ガン！

バキッ　メキメキメキ　ぐちゃっ
およそ料理《りょうり》をしているとは思《おも》えない音《おと》が、台所《だいどころ》から聞《き》こえてきた。同時《どうじ》に、なんともいえないにおいが漂《ただよ》ってくる。

（えええええ、ちょっと、大丈夫《だいじょうぶ》？）

あわてて立《た》ちあがろうとしたら、ベニがにっこり笑《わら》って台所《だいどころ》から出《で》てきた。

「ねえねえ、リュウ～。ベニが作《つく》った『料理《りょうり》』、食《た》べて～。」

お皿《さら》の上《うえ》にのっているものを見《み》て、ぎょっとした。

そこには、黒《くろ》こげの丸《まる》い物体《ぶったい》と、なぜだか泡《あわ》まみれのレタスの葉《は》っぱがこんもりとのっていた。

「およそ食《た》べるものとは思《おも》えんな。」

ジュンが、みそしるをすすりながらつぶやく。

「……そうだね。ぼくなら遠慮《えんりょ》するかな。」

さすがのコウさんも、笑顔《えがお》がひきつっていた。

「まあまあ、ベニちゃんは、初《はじ》めて料理《りょうり》したんだから、しょうがねえよなあ。」

セイだけは、いちおうベニのことをフォローしたけど、おばあちゃんたちは、見《み》て見《み》ぬふりをしていた。

（……で、当《とう》のリュウはどう思《おも》ってるんだろう？）

おそるおそる、ふりかえる。

肩《かた》にグレンをのせたまま、ずっとだまっていたリュウは、肩《かた》をぶるぶるとふるわせたかと思《おも》うと、

「こんなもん、食《く》えるかあ～～～っ！」

両手《りょうて》で、どかんとテーブルをたたいた。

（あ～、やっぱり……！）


それからも、ベニはことあるごとにわたしにはりあって、そのたびに、トラブルを巻《ま》き

起《お》こす。

たとえば、わたしが洗濯物《せんたくもの》を干《ほ》していたら、

「リュウの分《ぶん》は、ベニがやる！」

そう言《い》って取《と》りあげたかと思《おも》うと、せっかく洗《あら》った洗濯物《せんたくもの》を、地面《じめん》に落《お》として泥《どろ》だらけにしちゃったり、そうじ機《き》をかけていたら、カーテンを吸《す》いこんで、びりびりに破《やぶ》っちゃったり。

おかげで、いつもは午前中《ごぜんちゅう》で終《お》わる家事《かじ》に、丸《まる》一日《にち》かかってしまった。

ベニが失敗《しっぱい》するたびに、リュウはものすごく怒《おこ》るんだけど、ベニは龍神族《りゅうじんぞく》のお嬢《じょう》さまなんだから、今《いま》まで家事《かじ》なんてしたことがなかったんだもん。怒《おこ》ってもしかたない。

(あ〜あ、それにしても、わたしっていつもトラブルに巻《ま》きこまれちゃうなあ。)

この家《いえ》に生《う》まれついたときから、そう運命《うんめい》づけられているのかもしれないけど。

4 ベニの置《お》き手《て》紙《がみ》

ベニがわが家《や》に来《き》て、数日《すうじつ》がたった。

今日《きょう》はこれから、夏休《なつやす》みの宿題《しゅくだい》をするために、リュウとふたりでとなり町《まち》の図《と》書館《しょかん》へ行《い》くことになっている。

ほかの宿題《しゅくだい》は家《いえ》でもできるんだけど、理科《りか》のレポートと、社会《しゃかい》の資料作成《しりょうさくせい》だけは、『図《と》書館《しょかん》できちんと調《しら》べること。』と、各担当《かくたんとう》の先生《せんせい》にキツく言《い》われているのだ。

「おい、珠梨《じゅり》。まだか？　早《はや》くしねえと、バスが出《で》ちまうぞ。」

しびれをきらしたリュウが、玄関《げんかん》でさけんでいる。

「ごめーん、すぐ行《い》く！」

大急《おおいそ》ぎでお昼《ひる》ごはんのかたづけを終《お》え、かばんを持《も》って玄関《げんかん》に向《む》かおうとしたら、

「ねえねえ、リュウ。どこに行《い》くの？」

ベニがすっ飛《と》んできた。サンダルをはきながら、手短《てみじか》に、図書館《としょかん》に行《い》くことを伝《つた》えると、案《あん》の定《じょう》、「ベニも行《い》く！」と言《い》いだした。

（う～ん、どうしようかなあ。）

図書館《としょかん》ではみんな、静《しず》かに本《ほん》を読《よ》んだり、勉強《べんきょう》をしたりしている。ベニがさわいで、迷《めい》惑《わく》をかけてしまうかもしれない。

玄関《げんかん》に立《た》ち、どうしようかと考《かんが》えていたら、わたしのとなりで、リュウが即座《そくざ》に首《くび》を横《よこ》にふった。

「ダメだ。ベニは来《く》るな。」

とたんに、ベニは顔《かお》を真《ま》っ赤《か》にしてその場《ば》で足《あし》をふみならしはじめた。

「やだああ！　ベニも連《つ》れていってえ～～～っ！」

（ひいいい、また始《はじ》まった……！）

ベニは、自分《じぶん》の思《おも》いどおりにならないと、すぐにぎゃあぎゃあわめきはじめる。声《こえ》が甲《かん》高《だか》いから、よけいにうるさく感《かん》じてしまう。

（やっぱりこれじゃあ、図書館《としょかん》はムリかなあ……。だけど、るすばんさせるのも、仲間《なかま》はずれにしてるみたいだし。）

言《い》い争《あらそ》うふたりの間《あいだ》に立《た》たされて、どうしようかとおろおろしていたら、グレンもわたしと同《おな》じ気持《きも》ちなのか、頭《あたま》の上《うえ》を、所在《しょざい》なげにパタパタ飛《と》んでいた。ジュンとコウさんが、居間《いま》から顔《かお》を出《だ》して、またかという顔《かお》でこちらを見《み》ている。

「うるせえ、おまえはすぐにそうやって、でっけえ声《こえ》でさわぐじゃねえか。」

「さわがないよ！　ベニ、おとなしくするもん！」

今《いま》にも泣《な》きだしそうなベニを見《み》ていたら、なんだかかわいそうになってきた。

「ねえ、いいじゃん、リュウ。ベニもああ言《い》ってるんだし、連《つ》れていってあげようよ。」

わたしが言《い》っても、リュウは頑《がん》として首《くび》を縦《たて》にふらない。

「だめだっ！　俺《おれ》らは、遊《あそ》びにいくんじゃねえ。図書館《としょかん》に行《い》くんだぞ！　こいつがいたら、勉強《べんきょう》できねえだろうが。」

「そりゃあそうだけど……。」

わたしはちらっと横目《よこめ》でベニを見《み》た。ベニはいよいよかんしゃくをおこしはじめたようで、髪《かみ》の毛《け》の先《さき》からパチパチと火花《ひばな》が散《ち》っている。

(ふわあ、こんな姿《すがた》、絶対《ぜったい》ほかの人《ひと》には見《み》せられない!)

ベニには悪《わる》いけど、たしかにリュウの言《い》うとおりかも。

心《こころ》の中《なか》でそう思《おも》っていたら、わたしたちのやりとりを見《み》かねて、ジュンが口《くち》をはさんできた。

「おい、紅龍族《こうりゅうぞく》の女《おんな》。少《すこ》しは静《しず》かにしろ。ただでさえ暑《あつ》くてうっとうしいのに、おまえの声《こえ》を聞《き》いていたら、よけいにイライラする。」

すぐにベニが、ジュンをにらみつける。

「だまってててよ、黒龍族《こくりゅうぞく》! あんたみたいな陰気《いんき》でおたくな男《おとこ》に、そんなこと言《い》われたくないっつーの! いっつもまじめな顔《かお》して、戦隊《せんたい》ものの本《ほん》なんか読《よ》んじゃってさ。気持《きも》ちわる〜い。」

ベニの言葉《ことば》に、ジュンの顔色《かおいろ》が変《か》わった。

「……なっ、なんだと、貴様《きさま》! わたしを侮辱《ぶじょく》するのか。今《いま》の言葉《ことば》、撤回《てっかい》しろ!」

ベニにひとさし指《ゆび》をつきつけながら、こちらに歩《ある》いてくる。相当《そうとう》、傷《きず》ついたみたいだ。

「や〜だね。だって、ホントのことだもーん。」

「なんだと！」

（あ〜あ、もう。ジュンったら、大人《おとな》げない。）

とうとうジュンまで争《あらそ》いの輪《わ》に入《はい》ってしまい、もうめちゃくちゃだ。コウさんは、あきれて見《み》ている。

しかたなく玄関《げんかん》に座《すわ》りこんだら、いきなりリュウがわたしの腕《うで》をつかんで走《はし》りだした。

「ほら、珠梨《じゅり》。行《い》くぞ！　バスが出《で》ちまう。」

「ちょ、ちょっと、リュウ！　待《ま》ってよ。」

玄関《げんかん》の敷居《しきい》につまずきそうになりながら、ひっぱられるままに、わたしも走《はし》りだす。

「ジュン！　コウ！　あとはたのんだぜ。おい、グレン！　ベニが俺《おれ》たちのあとを追《お》いかけてこないように、しっかりみはっとけ！」

ふりかえってそういうと、リュウはわたしの腕《うで》をつかんだまま、商店街《しょうてんがい》を通《とお》りぬけ、となり町行《まちゆ》きのバス停《てい》に向《む》かって走《はし》っていく。

「ねえ、ベニのこと、ホントに置《お》いていくの？　なんだか、かわいそうな気《き》がする。」

引《ひ》きずられるようにして走《はし》りながら、わたしが言《い》うと、リュウは走《はし》るスピードをゆるめて顔《かお》をしかめた。

「いいんだって、あいつが悪《わる》いんだから。だいたい、手紙《てがみ》を届《とど》けにきただけなら、さっさと帰《かえ》りゃいいのに、なんでいつまでも人間界《にんげんかい》にいるんだよ。」

「それは、リュウのことが好《す》きだからじゃない。ベニは、リュウといっしょにいたいんだよ。」

わたしが言《い》ったら、リュウは足《あし》を止《と》めてわたしのほうに向《む》きなおった。

「そんなの、俺《おれ》には関係《かんけい》ねえ！　俺《おれ》がいっしょにいたいのは、珠梨《じゅり》だけだ。ベニなんて、どうでもいい。」

真剣《しんけん》なまなざしでそう言《い》われて、思《おも》わずどきっとする。

夏休《なつやす》みに入《はい》って、リュウはずいぶん日焼《ひや》けした。浅黒《あさぐろ》い肌《はだ》は、リュウの真《ま》っ赤《か》な髪《かみ》によく映《は》えて、とても似合《にあ》っている。

「……で、でも。」

リュウは、いつだってまっすぐに自分《じぶん》の気持《きも》ちをわたしに伝《つた》えてくれる。それはウレシイけれど、ベニのリュウへの思《おも》いを考《かんが》えると、複雑《ふくざつ》な気持《きも》ちになってしまう。

リュウの言葉《ことば》に、なんて答《こた》えればいいのかわからなくて、うつむいていたら、駅前《えきまえ》のロータリーに、バスが入《はい》ってくるのが見《み》えた。

「ほら、行《い》くぞ。」

言《い》うだけ言《い》うと、リュウはさっさと走《はし》りだした。

「あ、待《ま》ってよ。」

結局《けっきょく》、なにも答《こた》えられないまま、わたしもあわててリュウのあとを追《お》いかけた。

「あー、今日《きょう》はしっかり勉強《べんきょう》できた！　なあ、珠梨《じゅり》。」

バスから降《お》りると、リュウはごきげんな様子《ようす》で両手《りょうて》を広《ひろ》げた。

「うん、そうだね。」

図書館《としょかん》でみっちり宿題《しゅくだい》をして、夕方《ゆうがた》には、鳴神町《なるかみちょう》にもどってきた。

たしかにリュウの言《い》うとおり、今日《きょう》一日《にち》で、ずいぶん宿題《しゅくだい》がはかどったと思《おも》う。それはよかったんだけど、図書館《としょかん》にいる間《あいだ》じゅう、わたしはずっとベニのことばかり考《かんが》えていた。

（ベニ、あのあと、どうしたかなあ……。）

もしかして、龍神《りゅうじん》に変身《へんしん》して図書館《としょかん》に来《き》ちゃったらどうしようかと思《おも》っていたけど、そういえば、コウさんが言《い》ってたっけ。ベニは、人間界《にんげんかい》では龍神《りゅうじん》に変化《へんげ》することはできないって。

リュウと並《なら》んで商店街《しょうてんがい》を歩《ある》きながら、頭《あたま》の中《なか》で考《かんが》える。

たしかにさわがしい子《こ》だけれど、だからといって仲間《なかま》はずれみたいなことをしなくてもよかったんじゃないかな。

（悪《わる》いことしちゃったなあ……。）

「なあ、珠梨《じゅり》。晩飯《ばんめし》の材料《ざいりょう》を買《か》って帰《かえ》らなくていいのか？」

家《いえ》へと帰《かえ》る道《みち》すがら、リュウにきかれたけれど、わたしはううんと首《くび》をふった。

「とりあえず、一度《いちど》家《いえ》に帰《かえ》ろうよ。それで、ベニも誘《さそ》って、いっしょに買《か》い物《もの》に行《い》かない？」

わたしが言《い》うと、リュウは口《くち》をとがらせてうなずいた。

「……まあ、珠梨《じゅり》がそう言《い》うなら、それでいいけどよ。」

「じゃあ、急《いそ》いで帰《かえ》ろう。ベニ、きっと待《ま》ってるから。」

そう言《い》って、わたしは足《あし》を速《はや》めた。


「ただいまー！」

家《いえ》に帰《かえ》るなり、そのまま居間《いま》に直行《ちょっこう》した。

テレビの前《まえ》の指定席《していせき》で、ジュンがいつものように前《まえ》のめりで戦隊《せんたい》もののDVD《ディーブイディー》を観《み》ていた。コウさんはそのとなりで、テキストを広《ひろ》げて宿題《しゅくだい》をしている。セイはまだアルバイトから帰《かえ》っていないみたいだ。グレンはというと、コウさんのひざの上《うえ》で、猫《ねこ》みたいに丸《まる》くなって、ぐうすか眠《ねむ》っている。

「あれ、ベニは？」

すぐに飛《と》びだしてくると思《おも》ったのに、ベニの姿《すがた》が見《み》えない。

ふしぎに思《おも》ってわたしがきくと、ふたりは顔《かお》を見合《みあ》わせてから首《くび》をふった。

「おまえたちが出《で》ていったあと、しばらくぎゃあぎゃあわめいていたが、そういえばそのあとは、姿《すがた》を見《み》ていないな。」

ジュンの言葉《ことば》に、コウさんもうなずいた。

「グレンと大《おお》げんかしたあと、怒《おこ》って珠梨《じゅり》ちゃんの部屋《へや》に閉《と》じこもったきり、姿《すがた》を見《み》てないけど……。」

わたしはすぐに自分《じぶん》の部屋《へや》のドアを開《あ》けた。だけど、やっぱりもぬけの殻《から》。朝《あさ》、わたしがたたんだベニのふとんもそのまま、部屋《へや》のすみに置《お》いてある。

（えーっ、どこ行《い》っちゃったんだろう？）

きょろきょろとあたりを見《み》まわして、ぎょっとした。わたしの机《つくえ》の上《うえ》に、手紙《てがみ》が置《お》いてある。

『いえでします。さがさないでください。　ベニ』

（ウソッ！）

わたしはその手紙《てがみ》をにぎりしめ、ばたばたと居間《いま》にもどった。

「ねえ、リュウ。これ見《み》て！　ベニ、家出《いえで》しちゃったみたい！」

手《て》に持《も》っていた手紙《てがみ》を見《み》せたけど、リュウはおどろきもしない。

「ま、龍神界《りゅうじんかい》にでも帰《かえ》ったんじゃねえの？　ここにいても、しょうがねえし。」

どうでもよさそうに、肩《かた》をすくめた。

「えーっ、でも、なんにも言《い》わずに帰《かえ》っちゃうかな？　それに、ここには『いえでします。』なんて書《か》いてあるよ？　さがしにいったほうがよくない？　迷子《まいご》になってるかもしれないし。」

わたしがしつこくそうきいても、リュウはあくまでそっけない。

「いざとなったら龍神界《りゅうじんかい》から、世話係《せわがかり》の炎竜《えんりゅう》を呼《よ》ぶだろ。言《い》っとくけど、あいつんちの炎《えん》竜《りゅう》たちは、グレンとちがってすっげえ有能《ゆうのう》だから、心配《しんぱい》ねえって。」

「……そんなあ！」

コウさんが、右耳《みぎみみ》に手《て》を当《あ》てながらつぶやいた。

「龍神界《りゅうじんかい》には、まだ帰《かえ》ってないんじゃないかなあ。どこにいるかまでは特定《とくてい》できないけど、そんなに遠《とお》くには行《い》ってないみたいだよ。あの子《こ》の気配《けはい》がある。」

「ああ、まちがいないな。」

コウさんのとなりで、ジュンもうなずく。

「おおかた、家出《いえで》しますと言《い》っておいて、みんなに心配《しんぱい》してもらおうとでも思《おも》っているんだろう。まったく、紅龍族《こうりゅうぞく》は、どいつもこいつも人《ひと》さわがせな種族《しゅぞく》だ。」

そう言《い》って、ちらりとリュウを見《み》る。

リュウは、それには答《こた》えずに、わたしの服《ふく》のすそをひっぱった。

「もういいだろ、珠梨《じゅり》。ベニなんてほっといて、晩飯《ばんめし》の買《か》い物《もの》にいこうぜ。」

「そんなあ。ほったらかしになんてできないよ。ねえ、リュウ、いっしょにさがしにいこうよ。リュウが迎《むか》えにきたら、ベニだってきっときげんが直《なお》るだろうし。」

わたしが言《い》っても、リュウは知《し》らん顔《かお》だ。

（んもう～！）

「珠梨《じゅり》ちゃん、それなら、ぼくが行《い》こうか。」

コウさんはそう言《い》って立《た》ちあがろうとしてくれたけれど、ひざの上《うえ》で眠《ねむ》るグレンがねぼけているのか、がっちりコウさんの足《あし》をつかんではなさない。

「グレンのやつ、寝《ね》たらなかなか起《お》きねえんだ。しかし、ここまでぐっすり寝《ね》ているなんて、よっぽど体力消耗《たいりょくしょうもう》したんだろうなあ。」

リュウのつぶやきに、ジュンがうなずいた。

「あの紅龍族《こうりゅうぞく》の女《おんな》、相当暴《そうとうあば》れていたからな。いつもは生意気《なまいき》な炎竜《えんりゅう》だが、今日《きょう》ばかりはさすがにわたしも同情《どうじょう》をした。」

ジュンがそこまで言《い》うなんて、ベニったら、どんな暴《あば》れ方《かた》をしたんだろう？　部屋《へや》が散《ち》らかっていないことを思《おも》うと、きっとコウさんがかたづけてくれたにちがいない。

「それなら、コウさんはグレンを見《み》ていてもらえますか？　わたしがさがしてきます。」

そのまま居間《いま》を出《で》ていこうとして、足《あし》を止《と》めた。

「リュウが来《き》てくれないなら、ジュン、ついてきてよ。わたしひとりだと、不安《ふあん》だし。」

わたしが言《い》うと、ジュンは、「どうしてわたしが行《い》かねばならんのだ。」と文句《もんく》を言《い》いつつも、さっと立《た》ちあがった。心《こころ》なしか、口元《くちもと》がゆるんでいる。どうやら、わたしにたよりにされたのが、うれしいらしい。とことん、わかりにくい性格《せいかく》だ。

「おい、『玉呼《たまよ》びの巫女《みこ》』。行《い》くぞ！」

「えっ、ちょっと待《ま》って……！」

急《きゅう》にはりきりだしたジュンにうながされ、わたしたちは家《いえ》を出《で》た。

ちょうど玄関《げんかん》を出《で》たところで、エプロン姿《すがた》で大《おお》きなかごをかかえたセイとばったり出《で》くわした。

「よう、ベイビーちゃん。めずらしく、黒雲野郎《くろくもやろう》とお出《で》かけ？」

セイが、この時間《じかん》に帰《かえ》ってきたってことは、商店街《しょうてんがい》にある、まちこ先生《せんせい》の保育《ほいく》ルームへ、お菓子《かし》を配達《はいたつ》にいってきた帰《かえ》りなんだろう。

「ねえ、セイ。ベニのこと、どこかで見《み》かけなかった？　家《いえ》に帰《かえ》ってきたら、こんな書《か》き置《お》きがあったんだけど！」

わたしが手紙《てがみ》を見《み》せると、セイはまじまじと見《み》つめたあと、ぷっとふきだした。

「な、なに？　どうしたの？」

わたしがきいたら、セイは笑《わら》いながら答《こた》えた。

「ベニちゃんなら、さっき保育《ほいく》ルームの前《まえ》を歩《ある》いてたよ。そうそう、伝言《でんごん》をたのまれたんだっけ。『あそこの神社《じんじゃ》に家出《いえで》してるから、リュウがさがしにきたら、そう伝《つた》えといて。』って。それってどんな家出《いえで》だよって、おかしくてさ。」

セイはそう言《い》って、鳴神神社《なるかみじんじゃ》の方角《ほうがく》を指《ゆび》さした。

鳴神神社《なるかみじんじゃ》は、町《まち》はずれにある古《ふる》い神社《じんじゃ》だ。ずいぶん前《まえ》に神主《かんぬし》さんが亡《な》くなって、今《いま》はだれもよりつかない。ついこの間《あいだ》まで、ジュンがひとりで寝泊《ねと》まりしていた場所《ばしょ》でもある。

(え〜〜っ、そうなの?)

すぐさま、ジュンが「それ見《み》ろ。」とつぶやいた。

「ばかばかしい。もう、わたしは行《い》かないからな。」

そう言《い》って、さっさと家《いえ》へもどってしまった。わたしもいっしょに帰《かえ》ろうかなと思《おも》ったけど、やっぱり思《おも》いとどまった。

こんな手紙《てがみ》を置《お》いてきた以上《いじょう》、ベニだって、だれかが迎《むか》えにきてくれなきゃ、帰《かえ》るに帰《かえ》れないよね。わたしはしかたなく、鳴神神社《なるかみじんじゃ》の方角《ほうがく》へ向《む》かって走《はし》りだした。

5 ふたりで恋《こい》バナ

ミーン　ミンミーン

セミの鳴《な》き声《ごえ》があたりに響《ひび》きわたる。うっそうとしげる木々《きぎ》に囲《かこ》まれた鳥居《とりい》をくぐって、ところどころくずれおちている石灯籠《いしどうろう》を横目《よこめ》に、石段《いしだん》をのぼっていく。まわりにある木々《きぎ》のおかげで、真夏《まなつ》の日差《ひざ》しは和《やわ》らぎ、さっきまで額《ひたい》に浮《う》かんでいた大量《たいりょう》の汗《あせ》はあっというま間《ま》にひいていった。

「ベニーッ！」

参道《さんどう》を通《とお》りぬけ、境内《けいだい》に入《はい》る。すると、あたりをさがしまわることもなく、拝殿《はいでん》にひとりぽつんと座《すわ》るベニをあっけなく見《み》つけることができた。

「もう、ベニ〜。こんなとこにいたんだ。」

わたしが声《こえ》をかけると、ベニは顔《かお》も上《あ》げずに、その場《ば》でぎゅっと自分《じぶん》のひざをかかえた。

「ほら、みんな、心配《しんぱい》してるよ。早《はや》く帰《かえ》ろう。」

そう言《い》って、ベニの手《て》を取《と》ると、ベニはぱっとわたしの手《て》をふりはらった。

「……ウソだ。だれも心配《しんぱい》なんて、してないよ。」

大《おお》きな瞳《ひとみ》に、今《いま》にもこぼれおちそうな涙《なみだ》をためて、自分《じぶん》のひざを抱《だ》きよせる。

「そんなことないって。王子《おうじ》たち、みんな心配《しんぱい》してるってば。」

もう一度《いちど》言《い》ったら、ベニはひざに顔《かお》をうずめて、ぼそっとつぶやいた。

「……リュウは？」

一瞬《いっしゅん》、どう言《い》おうか迷《まよ》ったけど、わたしはとっさにウソをついた。

「リュウもね、ホントはいっしょに来《く》るって言《い》ってたんだけど、ベニも『家出《いえで》』って書《か》いた手前《てまえ》、リュウに迎《むか》えにきてもらうの、気《き》づまりかなあって思《おも》って、わたしがひとりで来《き》たんだよ。」

「……ホントに？」

ベニがちょっとだけ顔《かお》を上《あ》げて、わたしを見《み》る。

「ホント、ホント！　ほら、みんな待《ま》ってるから、いっしょに帰《かえ》ろう。」

もう一度《いちど》手《て》をにぎると、今度《こんど》はされるがままに、おとなしく立《た》ちあがった。

「さあ、急《いそ》いで晩《ばん》ごはんのお買《か》い物《もの》に行《い》かなくちゃ。あっ、そうだ。ベニも、いっしょにお買《か》い物《もの》、行《い》く？」

歩《ある》きながらわたしがきくと、ベニはしばらくだまっていたけど、ゆっくりとうなずいた。

「……ベニ、あいすくりーむ、食《た》べたい。」

その言葉《ことば》に、ちょっと笑《わら》いそうになる。

ここ数日《すうじつ》、わが家《や》に滞在《たいざい》するうちに、王子《おうじ》たち同様《どうよう》、ベニも人間界《にんげんかい》の食《た》べ物《もの》が大好《だいす》きになったみたいだ。中《なか》でも好《す》きなのが、アイスクリーム。一日《にち》一個《こ》だけだよって注意《ちゅうい》しないと、一度《いちど》に何個《なんこ》も食《た》べたがる。まるで、小《ちい》さい子《こ》みたいだ。

「いいよ。じゃあ、今日《きょう》は特別《とくべつ》にふたつ買《か》ってあげる。」

指《ゆび》をぴっと二本《ほん》立《た》ててわたしが言《い》うと、ベニは「ホント!?」と大声《おおごえ》をあげ、ぱあっと笑《え》顔《がお》になった。さっきまでの落《お》ちこんだ顔《かお》はどこへやら、わたしの手《て》をにぎって、にこにこ笑《わら》っている。

（ベニって、わがままで気《き》がつよい女《おんな》の子《こ》だと思《おも》ってたけど、ホントは素直《すなお》でカワイイ子《こ》だな。）

そう思《おも》っていたら、ベニがふいに話《はなし》を始《はじ》めた。

「……ベニね、小《ちい》さいとき、紅龍族《こうりゅうぞく》なのに、火《ひ》がこわかったんだ。」

「へえ、そうなんだ。それって、だめなことなの？」

手《て》をつないで石段《いしだん》を下《お》りながら、ベニの話《はなし》に相《あい》づちを打《う》つ。

「あたりまえじゃん。紅龍族《こうりゅうぞく》は火《ひ》を自由自在《じゆうじざい》に扱《あつか》えなきゃいけないんだもん。王族《おうぞく》なのに、火《ひ》がこわいだなんて言《い》ったら、まわりの子《こ》にはバカにされるし、母上《ははうえ》からは怒《おこ》られるし、教育係《きょういくがかり》の炎竜《えんりゅう》には毎日《まいにち》しごかれるしで、ますます火《ひ》がきらいになったの。そしたらね。」

そこでベニはふふっと笑《わら》った。

「リュウが、ベニにちっちゃい火《ひ》の玉《たま》をくれたんだ。『これなら、こわくねえぞ。』って。」

そう言《い》って、ベニは左《ひだり》の手《て》のひらに線香花火《せんこうはなび》の先《さき》ほどの小《ちい》さな小《ちい》さな火《ひ》の玉《たま》を出《だ》してみせた。

「あ、ホントだって思《おも》ってたら、次《つぎ》の日《ひ》にはもうちょっと大《おお》きな火《ひ》の玉《たま》を、その次《つぎ》の日《ひ》にはまたもうちょっと大《おお》きな火《ひ》の玉《たま》を出《だ》してくれて、『ありがとう。』って受《う》け取《と》ろうとしたとき、リュウったら、その火《ひ》の玉《たま》、いきなりベニに投《な》げつけてきたの！」

「え～っ、それでどうしたの？」

びっくりしてきいてみると、ベニはくすくす笑《わら》って続《つづ》けた。

「そりゃあ、とっさに受《う》け止《と》めたよ。そしたらね、フツーにさわれたの。ずっとこわいと思《おも》ってたけど、ぜんぜん大丈夫《だいじょうぶ》だった。なあんだ。ちっともこわくないやって。それから、ベニ、自分《じぶん》の意志《いし》で、火《ひ》をあやつることができるようになったんだ。」

ベニが見《み》つめたとたん、手《て》の上《うえ》の火《ひ》の玉《たま》は大《おお》きくふくらんだかと思《おも》うと、今度《こんど》は一瞬《いっしゅん》で消《き》えてしまった。

「ふうん、そうだったんだあ。」

うっそうと木《き》がしげる石段《いしだん》を下《お》りながら、頭《あたま》の中《なか》で想像《そうぞう》してみた。

おさないころのリュウとベニが、まるで雪合戦《ゆきがっせん》みたいに火《ひ》の玉《たま》を投《な》げあうところを。

（うふふ、なんか、想像《そうぞう》できる！）

「あれっ、でもベニったら、龍神《りゅうじん》に変化《へんげ》しなくても火《ひ》の玉《たま》出《だ》せるの？」

「いちおう、自分《じぶん》の身《み》を守《まも》るくらいの力《ちから》は使《つか》えるようになってるんだ。」

得意《とくい》そうに言《い》ったあと、ベニはわたしのほうに向《む》きなおり、にっこり笑《わら》った。

「リュウって、ぶっきらぼうなところがあるでしょ。でも、ホントはすっごくやさしいの。ベニ、リュウのそういうところが、大好《だいす》きなんだ。」

ベニの言葉《ことば》に、わたしもうんうんとうなずいた。

「わかるー。リュウって、まっすぐで裏表《うらおもて》がなくて、すっごくいい子《こ》だもんね。」

すると、ベニの顔色《かおいろ》がさっと変《か》わった。

「ちょっと、珠梨《じゅり》！　言《い》っとくけど、リュウはベニのものなんだから。リュウのこと、好《す》きになっちゃだめなんだからねっ！」

ぷうっとほっぺたをふくらませて、ベニが文句《もんく》を言《い》う。

わたしはあわてて否定《ひてい》した。

「そんなんじゃないよ～。リュウはいい子《こ》だって思《おも》うけど、それは友《とも》だちとして好《す》きだっていうだけだよ。」

するとベニは、またぱあっと笑顔《えがお》になった。

「ホント？　よかったあ。珠梨《じゅり》もリュウが好《す》きだったら、どうしようって思《おも》ってた！」

ほがらかに笑《わら》うベニを見《み》て、わたしもほほえむ。

（ベニってホントに素直《すなお》でカワイイな。）

自分《じぶん》の気持《きも》ちを、ストレートに顔《かお》に出《だ》したり、言葉《ことば》で伝《つた》えたりできる。わたしのまわりにはいないタイプだ。

「それなら珠梨《じゅり》は、だれが好《す》きなの？　リュウ以外《いがい》の王子《おうじ》の中《なか》で。」

急《きゅう》にベニにそんなことをきかれて、かあっと顔《かお》が熱《あつ》くなる。

「えええええ？　そんなこと……！」

するとベニは首《くび》をかしげた。

「珠梨《じゅり》、好《す》きな男《おとこ》の子《こ》、いないの？」

「そ、そういうわけでもないけれど……。」

頭《あたま》の中《なか》でぽや～んと思《おも》う。

ジュンはクールでいつもふきげんそうだけど、ホントはすごくやさしい心《こころ》の持《も》ち主《ぬし》だし、セイもチャラくて適当《てきとう》な性格《せいかく》に見《み》えるけど、だれよりみんなのことを考《かんが》えていたりするし。

みんなそれぞれカッコよくてすてきなんだけど、やっぱりわたしの一番《ばん》は……。

そこで、コウさんの顔《かお》が思《おも》い浮《う》かんだ。

はわわわわ。

なんでここでコウさんが出《で》てくるの？

コウさんのことは、好《す》きっていうより、あこがれてるっていうか、とにかく、そういうんじゃないのに！

「だれが好《す》きとか、そんなの、わかんないよ。」

早口《はやくち》で答《こた》えたら、ベニはきょとんとした。

「え〜、自分《じぶん》の好《す》きな人《ひと》がだれかわかんないなんて、ヘンなの！」

「……だって、人《ひと》を好《す》きになんてなったことないし。」

ごにょごにょと言葉《ことば》をにごすと、ベニは続《つづ》けた。

「たとえばさ、ベニ、あいすくりーむが好《す》きじゃん。それって別《べつ》に好《す》きかどうかなんていちいち考《かんが》えないでしょ？　好《す》きだなあって思《おも》ったら、好《す》き。それでいいんじゃないの？」

「そりゃあそうなんだけどさ。」

ベニの言《い》っていることは、頭《あたま》ではちゃんとわかってる。だけど、自分《じぶん》の気持《きも》ちに、自信《じしん》がもてないのだ。

「人間《にんげん》って、そんな簡単《かんたん》なことも考《かんが》えなきゃわからないんだ。『料理《りょうり》』なんて難《むずか》しいことはできるのに、へんてこな生《い》き物《もの》だねえ。」

ベニはあきれたようにそう言《い》うと、腕《うで》をふって歩《ある》きだした。ベニが元気《げんき》よく腕《うで》をふるから、わたしの腕《うで》も大《おお》きくふれる。

(たしかに、ベニの言《い》うとおりだなあ……。)

手《て》をつないで歩《ある》きながら考《かんが》える。

四人《にん》の王子《おうじ》たちの中《なか》で、いちばんにコウさんの顔《かお》を思《おも》い浮《う》かべるってことは、やっぱりわたし、コウさんが好《す》きってことなのかな。

となりを歩《ある》くベニにそのことをきいてみようかと思《おも》ったけど、やっぱりやめておいた。

「たっだいまー！」

ベニは元気《げんき》よくそう言《い》うと、両手《りょうて》に買《か》い物袋《ものぶくろ》をさげてどたどたと家《いえ》へ入《はい》っていった。

「なんだよ、おまえ、家出《いえで》したんじゃねえのかよ。」

さっそくリュウにつっこまれたけど、ベニはまるで気《き》にしない。

「したよ？　でも、もうやめたの。珠梨《じゅり》が迎《むか》えにきてくれたから。ねー、珠梨《じゅり》！」

にこにこ笑《わら》いながら、わたしに同意《どうい》を求《もと》める。

「うん、帰《かえ》りに買《か》い物《もの》もしたんだよね。」

わたしがそう言《い》うと、ベニはあわてて買《か》い物袋《ものぶくろ》からアイスクリームを取《と》りだした。

「いっけない。これ、早《はや》く冷凍庫《れいとうこ》に入《い》れなきゃ、とけちゃうぞって、お店《みせ》のおじさんが言《い》ってたんだった。」

あわただしく台所《だいどころ》に直行《ちょっこう》し、せっせとアイスを冷凍庫《れいとうこ》に入《い》れていく。

「なんだ、すっかりきげんが直《なお》っているな。」

ジュンがあきれ顔《がお》で言《い》う。

「まあ、よかったじゃない。無事《ぶじ》に帰《かえ》ってきたんだから。」

コウさんはそう言《い》うと、わたしを見《み》てほほえんだ。

「きっと、珠梨《じゅり》ちゃんのやさしさが伝《つた》わったんだね。」

「……そ、そんなこと。」

さっき、ベニとあんな話《はなし》をしたからか、コウさんと目《め》が合《あ》っただけで、顔《かお》がかあっと熱《あつ》くなる。

わたしは顔《かお》をかくすようにして、ベニのあとを追《お》い、台所《だいどころ》へ入《はい》った。

「おい、丸顔女《まるがおおんな》。今日《きょう》の晩飯《ばんめし》はなんだ?」

グレンが、ぱたぱたと翼《つばさ》をはためかせて、わたしのあとをついてくる。

「うるさいなあ、今日《きょう》はギョーザだよ。たくさん作《つく》らなきゃいけないから、ベニも手伝《てつだ》ってね。」

わたしが声《こえ》をかけたら、

「うん! ベニもお料理《りょうり》する!」

にっこり笑《わら》ってうなずいた。

今日《きょう》の晩《ばん》ごはんは、ひさびさに和《なご》やかな雰囲気《ふんいき》で、ゆったり過《す》ごすことができた。ベニがリュウにべったりなのはいつもどおりだったけれど、今《いま》までみたいにわたしに敵対心《てきたいしん》むきだしで言《い》いかえしてこなくなったし。

たとえば今《いま》までだったら、ベニの近《ちか》くにあるしょうゆを『取《と》って。』って言《い》っただけで、

「どうしてベニが、あんたのために働《はたら》かなくちゃいけないの！」

なあんて言《い》ってたのに、今日《きょう》はわたしのコップにお茶《ちゃ》まで注《つ》いでくれた。

「おい、丸顔女《まるがおおんな》。おまえ、嬢《じょう》ちゃんにいったい何《なに》を言《い》ったんだ？　まるで別人《べつじん》じゃねえか。」

食事《しょくじ》のとちゅうで、グレンがわたしにきいてきた。

「うるさいなあ、いいでしょ、別《べつ》に。」

わたしが答《こた》えたら、ベニもうんうんとうなずいた。

「女《おんな》の子同士《こどうし》の秘密《ひみつ》だよね～！」

「ねーっ。」

わたしはベニと顔《かお》を見合《みあ》わせ、ふたりで笑《わら》いあった。

晩《ばん》ごはんのあとかたづけも、ベニがずいぶん手伝《てつだ》ってくれたから、いつもよりずっと早《はや》く終《お》わった。

「ねえねえ、珠梨《じゅり》。あいすくりーむ、食《た》べてもいい？」

居間《いま》のテーブルをふいたあと、ふきんを持《も》って台所《だいどころ》に来《き》たベニがそうきいてきた。

「いいよ。あとはシンクを洗《あら》うだけだから。」

わたしが言《い》うと、ベニは大喜《おおよろこ》びでたくさんのアイスクリームをかかえて、居間《いま》へともどっていった。

(うふふ。ベニったら、喜《よろこ》んじゃって、カワイイ。)

そう思《おも》いながら、シンクまわりをふきんでふいていたら、背後《はいご》にだれかの気配《けはい》を感《かん》じた。

「だ、だれ？」

あわててふりかえると、そこにいたのはおばあちゃんだった。

「なあんだ。びっくりさせないでよ。」

ほっと胸《むね》をなでおろす。だけど、おばあちゃんは冷蔵庫《れいぞうこ》の前《まえ》あたりで仁王立《におうだ》ちをしたまま、動《うご》こうとしない。

「……あ、もしかして、ビールのおかわり？　だめだよ。一日《にち》一本《ぽん》って言《い》ってあるでしょ。」

(どうしたんだろ？)

声《こえ》をかけてみたけれど、ぼんやりした顔《かお》で、わたしを見《み》つめている。

いよいよおかしいと感《かん》じて、声《こえ》をかけてみた。

「……おばあちゃん？」

すると、おばあちゃんはぶるぶるっと一度身《どみ》ぶるいすると、突然《とつぜん》、ぱちっと目《め》を開《あ》け、

「やっほー、珠梨《じゅり》ちゃん。わたしぃ〜！」

両手《りょうて》を胸《むね》の前《まえ》で小《ちい》さくふって、片足《かたあし》をぴょこんとあげた。

(こ、このしぐさ、この口調《くちょう》、これは……！)

「もしかして、ユナミさん？」

わたしがきいたら、おばあちゃんにのりうつったユナミさんは、ひとさし指《ゆび》をピーンと

立《た》て、「ぴんぽ〜ん！」と言《い》ってにっこり笑《わら》った。

「どうしたんですか。急《きゅう》に。……あ、もしかして、最後《さいご》の玉《たま》を出《だ》すときの心《こころ》がまえを伝《つた》えにきた、とか？」

わたしがきくと、ユナミさんは、ちょっと怒《おこ》ったような顔《かお》になって腕《うで》を組《く》んだ。

「ちがうちがう。そうじゃなくって！『玉呼《たまよ》びの巫女《みこ》』の先輩《せんぱい》として、珠梨《じゅり》ちゃんに忠告《ちゅうこく》に来《き》たの！」

そう言《い》うと、わたしの鼻《はな》のてっぺんにひとさし指《ゆび》をつきたてた。

「珠梨《じゅり》ちゃん、龍王候補《りゅうおうこうほ》のだれかのことを特別扱《とくべつあつか》いしちゃダメだよ。これ、『玉呼《たまよ》びの巫《み》女《こ》』の基本中《きほんちゅう》の基本《きほん》だから。」

「えっ。」

心臓《しんぞう》が、どきーんと音《おと》を立《た》てる。

（それって、コウさんのこと……？）

わたしはあわてて首《くび》をふった。

「そんな、わたし、だれのことも特別扱《とくべつあつか》いなんてしてません。」

もごもごと口《くち》の中《なか》で言《い》い訳《わけ》してみたけど、すぐにユナミさんに言《い》いかえされた。

「かくしてもムダだよ。珠梨《じゅり》ちゃん、あの青龍族《せいりゅうぞく》の子《こ》のこと、好《す》きなんでしょ。」

ずばり言《い》われて、あとずさる。

「すっ、好《す》きだなんて！　……ただ、ちょっとすてきだなあってあこがれてるだけです。」

言《い》いながら、顔《かお》が、どんどんほてってきた。

やばい、今《いま》、わたし、絶対顔《ぜったいかお》が赤《あか》くなってる！

ユナミさんは、さっきから疑《うたが》いのまなざしで、じいっとわたしを見《み》つめている。

「じゃあきくけど、あの青龍族《せいりゅうぞく》の子《こ》と目《め》が合《あ》ったら、どきっとしたりしない？」

「そっ、それは……！」

わたしはさっき、コウさんと目《め》が合《あ》ったときのことを思《おも》いだした。

「……ちょっと、します。」

正直《しょうじき》にうなずく。

「やさしくされたら、胸《むね》がキュンってしたりは？」

「そっ、それも、します。」

「きれいな景色《けしき》をどこかで見《み》かけたら、いっしょに見《み》たいなあって思《おも》ったりは？」

「……それも、思《おも》います。」

最後《さいご》にユナミさんは、腕《うで》を組《く》んで鼻《はな》から息《いき》をはいた。

「ほらあ、やっぱり好《す》きなんじゃなあい。」

「えええええっ。」

思《おも》わず、両手《りょうて》でほっぺたを押《お》さえた。

目玉焼《めだまや》きが焼《や》けそうなくらい、熱《あつ》くなっている！

「そ、そそそそ、そんな、わたし、好《す》きだなんて！」

舌《した》をもつれさせながら、必死《ひっし》で首《くび》をふったら、ユナミさんはふっとまじめな顔《かお》になった。

「ホントにだめなんだよ、珠梨《じゅり》ちゃん。『玉呼《たまよ》びの巫女《みこ》』が、龍王候補《りゅうおうこうほ》のことを好《す》きになっちゃ。じゃないと……。」

そこで、ユナミさんの声《こえ》が小《ちい》さくなった。

「えっ、じゃないと、どうなるんですか？」

急《きゅう》に心細《こころぼそ》くなって、ききかえす。

「……ツラい思《おも》いをするから。」

ユナミさんは、肩《かた》を落《お》としてうつむいた。

いつも元気《げんき》いっぱいのユナミさんのこんな表情《ひょうじょう》を見《み》るのは、初《はじ》めてだ。

「あの、ユナミさん……？」

そこまで言《い》いかけたら、

「とにかく、そういうことだから、注意《ちゅうい》してね！　絶対《ぜったい》だよ？」

ユナミさんは、まくしたてるように続《つづ》けた。

「じゃあね、珠梨《じゅり》ちゃん。わたし、いつも珠梨《じゅり》ちゃんのこと、草葉《くさば》の陰《かげ》から応援《おうえん》してるから、がんばってね！」

早口《はやくち》でそう言《い》ったかと思《おも》うと、(ユナミさんがのりうつっている)おばあちゃんは、ぐるんと白目《しろめ》をむいて、糸《いと》が切《き》れたあやつり人形《にんぎょう》みたいに、その場《ば》に倒《たお》れこんだ。

「わわっ、大丈夫《だいじょうぶ》？」

あわてて抱《だ》きとめる。

ぐおーっ
ぐおーっ

ユナミさんは、もうどこかに行《い》ってしまったみたい。おばあちゃんは、いびきをかいて眠《ねむ》っている。息《いき》がビールくさい。

「飲《の》みすぎだよ、もう！」

なんとか肩《かた》にかついで居間《いま》まで運《はこ》んでいき、ざぶとんの上《うえ》によっこらしょと横《よこ》たえた。

「なんだ、ばばあのやつ、酔《よ》っぱらってるのか。」

「おばあちゃん、あいすくりーむ、食《た》べないのかな？」

リュウとベニが、棒《ぼう》つきアイスを口《くち》にくわえながら、のぞきこむ。

「あらあら。さっきまで、きげんよく飲《の》んでたのにねえ。」

そう言《い》って、ママが和室《わしつ》へタオルケットを取《と》りにいった。

「むにゃむにゃ、ビール、もう一杯《ぱい》。」

おばあちゃんは、にたにた笑《わら》いながら眠《ねむ》っている。夢《ゆめ》の中《なか》でもビールを飲《の》んでいるみたいだ。

「まったくもう。」

あきれてそう言《い》ったときに、ママがタオルケットを差《さ》しだした。

「はい、これ、かけてあげて。」

「世話《せわ》が焼《や》けるなあ。」

ママからタオルケットを受《う》け取《と》って、そっと体《からだ》にかけてあげた。

しあわせそうな顔《かお》で眠《ねむ》るおばあちゃんの顔《かお》を見《み》つめて、さっきユナミさんに言《い》われた言《こと》葉《ば》を頭《あたま》の中《なか》でくりかえす。

『珠梨《じゅり》ちゃん、あの青龍族《せいりゅうぞく》の子《こ》のこと、好《す》きなんでしょ。』

(わたし、ユナミさんが言《い》うみたいに、コウさんのことが好《す》きなのかな?)

そう思《おも》いながら、コウさんのほうをちらっと見《み》る。

そりゃあ、コウさんはカッコいいし、やさしいし、さわやかだし、おまけに本物《ほんもの》の王子《おうじ》さまだし、すてきだなあとは思《おも》っているけど。

(じゃあ、これが、うわさに聞《き》く『初恋《はつこい》』ってやつ?)

そう考《かんが》えたとたん、また顔《かお》が燃《も》えるように熱《あつ》くなった。

い、いやいや! そんな少女《しょうじょ》まんがの主人公《しゅじんこう》みたいなこと、わたしにはまだ早《はや》いよ!

「珠梨《じゅり》ちゃん。」

当《とう》のコウさんに声《こえ》をかけられ、びくーんと背筋《せすじ》をのばす。

「はっ、はい！　なんですか？」

「台所《だいどころ》のあとかたづけ、今日《きょう》もおつかれさま。珠梨《じゅり》ちゃんが好《す》きなアイス、残《のこ》しておいたんだけど、とけちゃったかな。これでよかった？」

そう言《い》って、カップに入《はい》ったクッキー&《アンド》クリームのアイスを差《さ》しだした。

(わたしの好《す》きなアイス、覚《おぼ》えてくれてたんだ。)

かあっと顔《かお》が熱《あつ》くなる。

「……あれ？　顔《かお》が赤《あか》いけど、どうかした？」

「なっ、なんでもないです！　ありがとうございますっ！」

わたしはひったくるようにコウさんの手《て》からカップアイスを受《う》け取《と》ると、スプーンでかきこむように食《た》べた。

口《くち》の中《なか》に入《い》れると、アイスクリームがとけていく。この冷《つめ》たさで、顔《かお》の熱《ねつ》がひけばいいのに。

そんなことを思《おも》いながら。

6 消《き》えたベニ

「おっはよー！」

翌日《よくじつ》の朝《あさ》、またまたベニは、朝《あさ》から大《おお》はりきりだった。

「ねえねえ、珠梨《じゅり》。今日《きょう》の朝《あさ》ごはんはなに作《つく》るの？　ベニ、お手伝《てつだ》いする〜。」

ちゃっかりエプロンまでつけて、わたしにまとわりついてくる。

「ありがと。でも、どうしたの？　急《きゅう》に。」

ふしぎに思《おも》ってそうきくと、ベニはえっへんと胸《むね》をはって答《こた》えた。

「ベニ、珠梨《じゅり》と友《とも》だちになることにしたの！　だって、珠梨《じゅり》はリュウのこと、好《す》きじゃないって言《い》ってたでしょ？　だったら、リュウが今《いま》、珠梨《じゅり》のことを好《す》きでも、いつかリュウにベニのことを好《す》きになってもらえるように、珠梨《じゅり》のいいところを、ベニも見習《みなら》おうと思《おも》って！」

（……ベニってば、そんなにリュウのことが好《す》きなんだ。）

にこにこ笑《わら》うベニの顔《かお》を見《み》て、わたしはなんだか胸《むね》がいっぱいになった。

「じゃあ、今日《きょう》からベニとわたしは友《とも》だちだね。」

わたしが言《い》うと、ベニもこくんとうなずいた。

「だって、珠梨《じゅり》とベニ、恋《こい》バナもしたもんね。」

ふたりで顔《かお》を見合《みあ》わせて、うふふと笑《わら》いあう。

ベニとわたしは、見《み》た目《め》はもちろん、性格《せいかく》だってぜんぜんちがう。

わたしは、自分《じぶん》の思《おも》っていることを口《くち》に出《だ》すのが苦手《にがて》だ。

先《さき》に、相手《あいて》がどう思《おも》うだろうとか、こんなこと言《い》ったらおかしいかなとか、どうせ言《い》ってもわかってもらえないとか、いろいろ考《かんが》えてしまって、つい、心《こころ》の中《なか》にためこんでしまう。ベニはわたしを見習《みなら》いたいって言《い》ってくれたけれど、わたしだってベニのことを見習《みなら》いたい。

そのことも、口《くち》に出《だ》しては言《い》えなかったけど。

New

ベニが手伝《てつだ》ってくれたおかげで、いつもの半分《はんぶん》の時間《じかん》で朝《あさ》ごはんの用意《ようい》が終《お》わった。あとは、オムレツを作《つく》るだけだ。

「ほら、こうやってまだ半熟《はんじゅく》の間《あいだ》にとじちゃえば、ふわふわのオムレツになるんだよ。」

そう言《い》って、フライパンをかたむけたら、黄金色《こがねいろ》のオムレツがつるんとお皿《さら》にすべっていった。ベニが、目《め》を輝《かがや》かせて手《て》をたたく。

「すごーい、さっすが珠梨《じゅり》。上手《じょうず》だねえ。」

「そんなことないよ。さあ、次《つぎ》はベニ、やってみて。」

とたんにベニは、不安《ふあん》そうな顔《かお》になった。

「……ベニ、珠梨《じゅり》みたいに上手《じょうず》にできないよ。」

うつむくベニの背中《せなか》を押《お》して、ガスレンジの前《まえ》に立《た》たせた。

「でも、ベニは最初《さいしょ》、火《ひ》の玉《たま》がこわかったのに、リュウに教《おし》えてもらって扱《あつか》えるようになったって言《い》ってたじゃない。だから、オムレツだってきっとできるよ。もしも失敗《しっぱい》したって、いいじゃない。そのときは、わたしが食《た》べさせてもらうから。ねっ。」

そう言《い》ってはげますと、ベニは顔《かお》を上《あ》げて、うんと大《おお》きくうなずいた。

フライパンにバターをとかし、しっかりといた卵《たまご》をそっと流《なが》しこむ。じゅっと音《おと》を立《た》て、卵《たまご》が焼《や》けていく、おいしそうな香《かお》りがあたりを包《つつ》みこむ。

「フライパンのはしによせたら、そのままひっくりかえしてみて。」

横《よこ》から声《こえ》をかけたら、ベニは真剣《しんけん》な顔《かお》でうなずいて、くるんと卵《たまご》をひっくりかえした。

黄金色《こがねいろ》で、ぷっくりと丸《まる》みをおびたオムレツができあがる。

「わあ、おいしそう！」

思《おも》わずそう言《い》うと、ベニは急《いそ》いでお皿《さら》にオムレツを移動《いどう》させた。

おいしそうなオムレツのできあがりだ。初《はじ》めて料理《りょうり》をしたとは思《おも》えないくらい、きれいに形《かたち》も整《ととの》っている。

「すっごーい、ベニ。わたしよりも上手《じょうず》だよ。」

これは、けっしてお世辞《せじ》なんかじゃない。さすが龍神族《りゅうじんぞく》だ。本気《ほんき》を出《だ》せば、こんなにも上手《じょうず》に作《つく》れるのかとすっかり感心《かんしん》してしまった。

「おおい、珠梨《じゅり》。朝飯《あさめし》まだかあ！」

居間《いま》からリュウの声《こえ》がする。

寝起《ねお》きのリュウはいつもきげんが悪《わる》いけど、このオムレツを見《み》たら、すぐにきげんが直《なお》るはず！

「ほら、アツアツのうちに、リュウに持《も》っていってあげたら？」

わたしが言《い》うと、ベニは満面《まんめん》の笑《え》みでうなずいた。

「うん！」

そのまま、いそいそと居間《いま》へと向《む》かう。

（うふふ。これでリュウ、ベニのこと、見直《みなお》してくれたらいいんだけど。）

そう思《おも》いながら、よごれたフライパンにざあっと水《みず》をかけていたら。

どんがらがっしゃーん！

居間《いま》からものすごい音《おと》がした。

あわててフライパンをシンクに置《お》いたまま、居間《いま》へかけつけると、ベニがテーブルの上《うえ》に思《おも》いっきりつっぷしていた。

「ベニ！　どうしたの？」

急《いそ》いで手《て》をひっぱって立《た》ちあがらせる。

「うえ〜ん、ベニ、そこで足《あし》をひっかけちゃったあ〜。」

指《ゆび》さす方向《ほうこう》を見《み》ると、敷居《しきい》につまずいて転《ころ》んだみたいだ。

おかげで、テーブルの上《うえ》はぐちゃぐちゃ。

みんなのオムレツも、サラダも、食器《しょっき》も、ひっくりかえって中身《なかみ》が床《ゆか》にこぼれている。

（……あ〜あ。）

もったいないけど、しかたない。ベニはわざとやったんじゃないんだから。

「平気平気《へいきへいき》。それより、ベニ、ケガしなかった？」

わたしが、ふきんでベニの服《ふく》についたよごれを取《と》ろうとしたら、いきなりリュウが立《た》ちあがった。

「おい、ベニ！　おまえ、いいかげんにしろよ！」

「ぼ、ぼっちゃん。朝《あさ》からそんな大声出《おおごえだ》しちゃ……！」

グレンが、おろおろとリュウの頭上《ずじょう》で飛《と》びまわる。

「ちょっと待《ま》ってよ、リュウ。ベニはわざとやったわけじゃないんだから、怒《おこ》らないであげて。」

そう言《い》ってかばったけど、リュウのとなりで、ジュンもはあっとおおげさに息《いき》をついた。

「わざとじゃなければ何《なに》をしてもいいというわけではない。現《げん》にみなの朝《あさ》ごはんがだいなしだろうが。」

「まあ、たしかにね。あ〜あ、もったいねえ。」

セイまでが、あきれ顔《がお》だ。

「ごめんなさい、リュウ。ベニ、一生懸命《いっしょうけんめい》リュウのために朝《あさ》ごはん作《つく》ったから、アツアツのうちに食《た》べてもらおうとしたら、転《ころ》んじゃって……。」

ベニが言《い》い訳《わけ》しようとしたけれど、リュウはつんと顔《かお》をそむけた。

「おまえの作《つく》った朝《あさ》ごはんなんて、いらねえって言《い》っただろ！　だいたいなあ、おまえがいるせいで、みんな迷惑《めいわく》してるんだよ。とっとと、龍神界《りゅうじんかい》に帰《かえ》っちまえ！」

「リュウ！」

わたしはリュウのＴ《ティー》シャツをつかんだ。

「ひどいよ、リュウ！　ベニはホントにリュウのことが大好《だいす》きなんだよ？　今日《きょう》だって早《はや》起《お》きして、一生懸命《いっしょうけんめい》朝《あさ》ごはんを作《つく》ったのに。」

そう言《い》ってリュウにつめよると、

「リュウのばかっ！」

うしろから、ベニの声《こえ》が聞《き》こえた。ふりかえると、ぴしゃりとわたしの部屋《へや》のドアが閉《し》まる音《おと》がした。

「ベニ！」

リュウのT《ティー》シャツから手《て》をはなして、いそいで部屋《へや》のドアをたたいたけど、ベニは部屋《へや》から出《で》てこない。

(ああ、どうしよう。ベニ、絶対《ぜったい》ショック受《う》けてるよ！)

「おい、珠梨《じゅり》。ともかく、ここをかたづけよう。紅龍族《こうりゅうぞく》の娘《むすめ》は、しばらくそっとしといてやったほうがいいじゃろう。それに、早《はや》く朝飯《あさめし》を食《く》わなければ、わしらは仕事《しごと》に間《ま》に合《あ》わん。」

おばあちゃんの横《よこ》で、パパとママがうんうんとうなずいている。

「わりいな。ベイビーちゃん、俺《おれ》も早《はや》くしねえとバイトに間《ま》に合《あ》わねえんだ。」

セイにまでせかされて、わたしはしかたなく居間《いま》にもどった。

「珠梨《じゅり》ちゃん、そうじはぼくたちがやるから。」

「ったく、ベニのやつ、しょうがねえなあ。」

みんなでベニが散《ち》らかした居間《いま》を手分《てわ》けしてかたづけたあと、急《いそ》いで作《つく》りなおした朝《あさ》ごはんを食《た》べ、おばあちゃんたちとセイはそれぞれ仕事《しごと》に出《で》かけていった。

やっと一息《ひといき》ついてから、わたしはそばにいたリュウに向《む》きなおった。

「ねえ、リュウ。さっきの言葉《ことば》、言《い》いすぎだよ。ベニにちゃんとあやまって！」

リュウは、すぐに口《くち》をとがらせた。

「なんでだよ。あいつが悪《わる》いんだろ？」

「たしかに朝《あさ》ごはんをめちゃくちゃにしたのはベニだけど、あれはわざとじゃないでしょ？　それなのに、あんな言《い》い方《かた》するなんて、ひどいよ。」

わたしが言《い》いかえすと、リュウはますますむくれた。

「だって、ホントのことじゃねえか。」

「そんなことない！」

わたしたちがぎゃあぎゃあ言《い》いあいを始《はじ》めたら、とちゅうでグレンが口《くち》をはさんできた。

「おい、丸顔女《まるがおおんな》。ぼっちゃんにえらそうなこと言《い》うんじゃねえ。」

「グレンは、ちょっとだまってて！」

そう言《い》って、わたしはデコピンでグレンをすっ飛《と》ばしてやった。

「ベニはリュウのことが大好《だいす》きなんだよ。わかってるでしょ？」

「わかってるけど、俺《おれ》は珠梨《じゅり》のことが好《す》きなんだよっ！　珠梨《じゅり》さえいれば、ベニなんてどうだっていい。」

リュウの言《い》いぐさに、ますます頭《あたま》にきた。

「リュウのばか！　あんたがいたら、みんな迷惑《めいわく》なんだから、とっとと龍神界《りゅうじんかい》に帰《かえ》りなさいよ！」

大声《おおごえ》でそうさけぶと、リュウがとたんに泣《な》きそうな顔《かお》になった。

「な、なんだよ、珠梨《じゅり》！　なんで急《きゅう》にそんなこと言《い》うんだよっ。」

まゆげを情《なさ》けないくらい八の字《じ》に下《さ》げて、今《いま》にも泣《な》きだしそうだ。

「……ほらね？　こんなふうに言《い》われたら、リュウだって悲《かな》しいでしょ？」

わたしが顔《かお》をのぞきこむと、リュウがはっとした顔《かお》になる。

「わたし、ベニを呼《よ》んでくる。だから、リュウ、ちゃんとベニにあやまらなきゃだめだよ。」

わたしはリュウにそう伝《つた》えて、急《いそ》いで自分《じぶん》の部屋《へや》の前《まえ》に立《た》った。

「ベニ？　もう、元気《げんき》でた？　リュウもさっきは言《い》いすぎたって反省《はんせい》してるから、あやまりたいんだって。入《はい》っていい？」

そう言《い》って、部屋《へや》に入《はい》ったけど、そこにベニはいなかった。

（あれっ。どこ行《い》ったんだろう？）

きょろきょろとあたりを見《み》まわして、はっとする。机《つくえ》の上《うえ》に、また手紙《てがみ》が置《お》いてあった。

（あ〜、またかあ。今度《こんど》はどこに家出《いえで》したのかな？）

やれやれと思《おも》いながら、手紙《てがみ》を読《よ》む。

『しゅぎょうにでてきます。さがさないでください。　ベニ』

（いったい、何《なん》の修業《しゅぎょう》なわけ？）

そう思《おも》っていたら、すぐそばにヒントがあった。

『初《はじ》めて包丁《ほうちょう》をにぎる人《ひと》にも安心《あんしん》　親切《しんせつ》・丁寧《ていねい》　料理教室《りょうりきょうしつ》』

手書《てが》きの料理教室《りょうりきょうしつ》のチラシが、置《お》き手紙《てがみ》の横《よこ》に置《お》いてあった。

（あ、なあるほど。だから、『家出《いえで》』じゃなくて『修業《しゅぎょう》』なのかあ。）

感心《かんしん》していると、リュウが部屋《へや》に入《はい》ってきた。

「なんだよ。ベニのやつ、いないじゃねえか。」

すぐに、ベニの置《お》き手紙《てがみ》を見《み》せる。

「見《み》て。ベニはリュウにおいしいごはんを作《つく》ってあげたいんだよ。」

わたしが言《い》うと、リュウはだまってチラシを見《み》ていたけれど、「俺《おれ》には関係《かんけい》ねえ。」って
わたしに押《お》し返《かえ》してきた。

「まあ、とりあえず、ベニの居場所《いばしょ》はわかったし、ひとまず安心《あんしん》かな。」

そう言《い》いかけて、もう一度《いちど》料理教室《りょうりきょうしつ》のチラシを見《み》る。

（あれ、そういえば、この商店街《しょうてんがい》に料理教室《りょうりきょうしつ》なんて、あったっけ？）

鳴神商店街《なるかみしょうてんがい》は、小《ちい》さな商店街《しょうてんがい》だ。はしからはしまで、十分《ぷん》も歩《ある》けば全部《ぜんぶ》のお店《みせ》を見《み》ることができる。だから、みんなが顔見知《かおみし》り。それなのに、新《あたら》しい料理教室《りょうりきょうしつ》ができたなんて話《はなし》、聞《き》いたことがない。

改《あらた》めて、チラシに描《か》かれている地図《ちず》を見《み》た。鳴神商店街《なるかみしょうてんがい》の裏通《うらどお》りから歩《ある》いて十分《ぷん》と書《か》いてある。

（ちょっと待《ま》って。そこって、鳴神池《なるかみいけ》のある場所《ばしょ》じゃない？）

雑木林《ぞうきばやし》に囲《かこ》まれた、町《まち》はずれの池《いけ》、そんな場所《ばしょ》で料理教室《りょうりきょうしつ》なんて、するのだろうか？

とたんに、胸《むな》さわぎがした。

「ねえ、リュウ。これ、おかしいよ。ベニ、ホントに料理教室《りょうりきょうしつ》に行《い》ってるのかな？」

だいたい、料理教室《りょうりきょうしつ》なのに、作《つく》るメニューも書《か》いてなければ、持《も》ちものも、受講料《じゅこうりょう》も書《か》いていない。それにベニはいったい、このチラシをどこでもらってきたんだろう？

「知《し》らね。どうせそのチラシも、あいつが自分《じぶん》で作《つく》ったんじゃねえの？　また心配《しんぱい》させようとして。」

リュウは興味《きょうみ》がなさそうで、床《ゆか》にごろんとねっころがって生返事《なまへんじ》だ。

「わたしも紅龍族《こうりゅうぞく》の小僧《こぞう》に同感《どうかん》だ。ああいう王族《おうぞく》の女《おんな》は、すぐにかんしゃくをおこすし、構《かま》ってもらえないと、芝居《しばい》を打《う》つ。おまえも以前《いぜん》、目《ま》の当《あ》たりにしただろうが。いいから、ほうっておけ。」

ジュンも、ずいぶんそっけない。

「なんでもなければそれでいいけど、万《まん》が一《いち》ってこともあるでしょ。ねえ。いっしょにさがしにいこうよ。」

それでも、ふたりとも、知《し》らん顔《かお》だ。

すがるようにコウさんを見《み》つめると、コウさんだけはうんとうなずいて、すぐに立《た》ちあがってくれた。

「珠梨《じゅり》ちゃんひとりで行《い》かせるのも心配《しんぱい》だし、それならぼくがついていくよ。」

とたんに、リュウが飛《と》び起《お》きた。

「なっ、なんでえ。コウが行《い》くなら、俺《おれ》も行《い》くぞ！　珠梨《じゅり》があぶねえ目《め》にあったら、困《こま》るからなっ。」

（あっきれた。さっきは、いくら言《い》っても、言《い》うことを聞《き》いてくれなかったくせに。）

とりあえず、リュウとコウさんがついてきてくれるなら安心《あんしん》だ。

それに、リュウが来《き》てくれたと知《し》ったら、きっとベニもきげんを直《なお》すにちがいない。

ジュンにおるすばんをたのんで、わたしたち三人《にん》は、チラシを手《て》に家《いえ》を出《で》た。

7 ベニをさがして

鳴神商店街《なるかみしょうてんがい》をぬけたあと、ボウリング場《じょう》の跡地《あとち》を通《とお》りすぎ、地図《ちず》に描《か》いてあるとおり、裏道《うらみち》に沿《そ》って歩《ある》いた。すると、だんだん道《みち》が狭《せま》くなっていき、舗装《ほそう》された道《みち》がとぎれてしまった。最後《さいご》にたどりついたのは、かつてミズチとジュンが戦《たたか》った鳴神池《なるかみいけ》の近《ちか》くにある雑《ぞう》木林《きばやし》だった。

カナカナカナカナ……

ヒグラシの声《こえ》が、やけに大《おお》きく聞《き》こえる。

「……ねえ。やっぱり、おかしいよ。料理教室《りょうりきょうしつ》なんて、どこにもない。」

雑木林《ぞうきばやし》の前《まえ》で足《あし》を止《と》め、コウさんとリュウのほうをふりかえる。

「もしかしたら、また『邪《じゃ》の者《もの》』たちのしわざかもね。」

コウさんのつぶやきに、リュウがうなずいた。

「ああ、かもしれねえな。」

まだ午前中《ごぜんちゅう》だというのに、太陽《たいよう》は容赦《ようしゃ》なく照《て》りつけている。なのに、雑木林《ぞうきばやし》には光《ひかり》が届《とど》かないようで、足元《あしもと》には濃《こ》い影《かげ》ができていた。あたりに、むっと青臭《あおくさ》いにおいが漂《ただよ》う。

（……でも、おかしいな。）

わたしはふと顔《かお》を上《あ》げた。

今《いま》まで、邪《じゃ》の者《もの》たちは、だれかの玉《たま》が出《で》たタイミングで、現《あらわ》れて、あの手《て》この手《て》でわなをしかけてきた。今回《こんかい》はまだコウさんのための『闇《やみ》』の玉《たま》は出《で》ていないのに、どうやって玉《たま》をうばうつもりなんだろう？

ベニを人質《ひとじち》にして、わたしをおどそうとしているんだろうか。

だけど、いくらおどされても、玉《たま》は出《だ》せないってことは、今《いま》までの戦《たたか》いで、わかっているはずなのに。

「ともかく、ベニをさがそうぜ。」

リュウはそう言《い》うと、グレンに向《む》かって命令《めいれい》した。

「おい、グレン。奥《おく》のほうに怪《あや》しいやつがいねえか、見《み》てこい。」

「うおっしゃあ！」

グレンは威勢《いせい》よく返事《へんじ》をするなり、一直線《いっちょくせん》に雑木林《ぞうきばやし》の奥《おく》へと飛《と》んでいった。わたしたちも、警戒《けいかい》しながら一歩《ぽ》ずつ足《あし》を進《すす》める。

「ねえ、念《ねん》のため、『巫女《みこ》の光《ひかり》』でジュンたちにも知《し》らせておこうか。」

すると、リュウは首《くび》をふった。

「あいつらもバカじゃねえ。珠梨《じゅり》がここに来《き》たことは、もうわかってるはずだ。いつもみたいに、『巫女《みこ》の光《ひかり》』が届《とど》かねえように細工《さいく》してるんじゃねえか。」

「……だよね。」

いまさらながら、思《おも》い知《し》った。

わたしたちが戦《たたか》っている相手《あいて》は、遊《あそ》びでこんなことをしているんじゃない。本気《ほんき》で世界《せかい》をのっとろうとしてるってことに。

（気《き》を引《ひ》きしめなきゃ。）

両手《りょうて》をぎゅっとにぎりしめて、奥歯《おくば》をかみしめる。

「珠梨《じゅり》ちゃん、きみはもう帰《かえ》ったほうがいい。あの子《こ》は、ぼくとリュウで助《たす》けだし、ちゃんと連《つ》れて帰《かえ》るから。」

コウさんの声《こえ》に、はっとする。

「そうだ。グレンがもどってきたら、とにかく一度家《いちどいえ》に帰《かえ》れ。ここにいたら、あぶねえ。」

ふたりの真剣《しんけん》な表情《ひょうじょう》を見《み》つめて、くちびるをかみしめる。

わたしだって、今《いま》すぐここから逃《に》げだしたい。

こわくてこわくてたまらない。

だけど、わたしだって『玉呼《たまよ》びの巫女《みこ》』だ。『邪《じゃ》の者《もの》』につかまったかもしれないベニを置《お》いて、ひとりだけ逃《に》げるなんてこと、絶対《ぜったい》にしたくない。

「大丈夫《だいじょうぶ》。わたしも行《い》かせて。ベニを助《たす》けたいの。」

そう言《い》うと、ふたりは顔《かお》を見合《みあ》わせてから、ゆっくりとうなずいた。

「わかった。ぼくが絶対《ぜったい》にきみを守《まも》るから。」

「俺《おれ》だって！　俺《おれ》が、珠梨《じゅり》のこと、守《まも》ってやる！」

ふたりの言葉《ことば》に、ふっと肩《かた》の力《ちから》がぬける。

そうだよね。心配《しんぱい》しなくても大丈夫《だいじょうぶ》。

わたしには、王子《おうじ》たちがついているんだから。


「ぼっちゃあん！」

そのとき、雑木林《ぞうきばやし》の奥《おく》からグレンのさけび声《ごえ》が聞《き》こえた。

「嬢《じょう》ちゃん、いたぜえ〜っ！」

そう言《い》いながら、グレンはぱたぱたと翼《つばさ》をはばたかせて一直線《いっちょくせん》にリュウの元《もと》へもどってきた。

「ほら、そこ！」

グレンの指《ゆび》さす方向《ほうこう》を見《み》ると、ふらふらと、ベニがこちらに向《む》かって歩《ある》いてくるのが見《み》えた。

「ベニ！」

声《こえ》をかけたら、ベニはわたしたちの姿《すがた》を見《み》るなり、こちらに向《む》かって走《はし》ってきた。

「リュウ！」

ベニは泣《な》きながら、いきなりリュウに抱《だ》きついた。

「ベニのこと、さがしにきてくれたの？　うれしい！」

そう言《い》って、ぎゅうっとリュウを抱《だ》きしめる。

「わかったから、いちいちくっつくなよっ！」

リュウは顔《かお》をしかめて、ふりはらおうとしているけれど、ベニはリュウを抱《だ》きしめて、はなれない。

「なあんだ。『邪《じゃ》の者《もの》』の姿《すがた》もないし、なんともないみたいだね。やっぱり、心配《しんぱい》かけさせたかっただけだったのかな。」

コウさんが、ふっと息《いき》をついてわたしに笑《わら》いかける。

「ホントだね。なんか、力《ちから》ぬけちゃった。」

ふたりで顔《かお》を見合《みあ》わせて、ふふっと笑《わら》いあったそのとき、いきなりベニがリュウの頭《あたま》をかかえこんだ。

「うぷっ。」

ベニは、自分《じぶん》の肩《かた》にリュウの顔《かお》を思《おも》いきりおしつけている。

「おい、やめろ！　苦《くる》しいだろうが！」

リュウが手足《てあし》をジタバタさせてあばれているのに、ベニはやめようとしない。

「ちょっと、ベニ！　いくらなんでも、やりすぎだよ？　ほら、早《はや》くリュウのこと、はなしてあげて。」

わたしがそう言《い》って、ベニの肩《かた》に手《て》をかけようとすると、いきなりベニに手《て》をふりはらわれた。

「うるせえ、だまれ！」

「きゃあ。」

思《おも》いっきりつきとばされて、雑草《ざっそう》が生《お》いしげる地面《じめん》にしりもちをつく。

「大丈夫《だいじょうぶ》？　珠梨《じゅり》ちゃん。」

コウさんがかけよって抱《だ》きおこしてくれたけど、わたしは信《しん》じられない気持《きも》ちでベニを見《み》た。

「どうしちゃったの、ベニ。どうしてこんなこと……！」

「いいかげんにしろお！」

ゴオオオオッ
リュウが、全身《ぜんしん》から炎《ほのお》を噴《ふ》きだして、抵抗《ていこう》を始《はじ》めた。それでもベニは手《て》をはなそうとしない。ふたりとも、がっちり抱《だ》きあったまま、火《ひ》だるまみたいに燃《も》えあがる。

「リュウ！　ベニ！」

火《ひ》の勢《いきお》いはどんどん増《ま》していき、あたりの草木《くさき》に飛《と》び火《ひ》して、ちりちりとこげくさいにおいが漂《ただよ》う。

「珠梨《じゅり》ちゃん、あぶない。こっちに来《き》て。」

コウさんに手《て》を取《と》られ、ベニとリュウからはなれようとしたそのとき、一瞬《いっしゅん》で火《ひ》が消《き》え、リュウがベニにつきとばされた。

「リュウ！」

「ぼっちゃん！」

わたしとグレンの声《こえ》が響《ひび》く。

地面《じめん》に転《ころ》がされたリュウは、すぐに立《た》ちあがってベニに向《む》かっていった。

「おい！　ベニ、俺《おれ》のピアス、返《かえ》せ！」

「えっ。」

おどろいてリュウの耳《みみ》たぶを見《み》る。

たしかに、いつもつけている真《ま》っ赤《か》なピアスが消《き》えている。

「大事《だいじ》なピアスを、嬢《じょう》ちゃんに取《と》られちまったっていうことか？」

グレンがおろおろした様子《ようす》で、ベニとリュウを見《み》くらべる。

「これさえ手《て》に入《はい》れば、こっちのものさ！」

ベニは、両手《りょうて》をクロスさせて耳《みみ》たぶに手《て》を当《あ》てた。

よく見《み》ると、ベニの耳《みみ》に真《ま》っ赤《か》なピアスが装着《そうちゃく》されている。

「ちょっと待《ま》って、ベニ！　何《なに》する気《き》なの！」

わたしが言《い》うと、ベニはのどをそらせて笑《わら》った。

「アーハッハハハ！　よおく見《み》ておきな。」

そう言《い》うなり、ベニは龍神《りゅうじん》に姿《すがた》を変《か》え、今度《こんど》は左耳《ひだりみみ》のピアスに手《て》を当《あ》てた。

「ナンダ、バツナンダ、シャガラ、ワシュキツ、トクシャカ、アナバダッタ、マナス、ウハツラ！　八大龍王《はちだいりゅうおう》の名《な》のもとに、われに倶利伽羅《くりから》の剣《つるぎ》を与《あた》えよ！」

大声《おおごえ》で呪文《じゅもん》を唱《とな》えると、ピアスからずるりと大《おお》きな刀身《とうしん》の倶利伽羅剣《くりからけん》が姿《すがた》を現《あらわ》した。

「なっ、なんで？　どうしてベニに、あんなことができるわけ。」

リュウのそばにかけよって、抱《だ》きおこす。

「嬢《じょう》ちゃんも紅龍族《こうりゅうぞく》の王族《おうぞく》だ。あのピアスさえあれば、龍神《りゅうじん》に姿《すがた》を変《か》え、倶利伽羅剣《くりからけん》を手《て》にすることができるんだよ！」

おろおろと飛《と》びまわるグレンが、わたしに説明《せつめい》する。リュウは、またベニに倶利伽羅剣《くりからけん》の束《つか》でなぐりとばされ、地面《じめん》にたたきつけられていた。

リュウは顔《かお》をしかめながらも起《お》きあがり、ベニの持《も》つ倶利伽羅剣《くりからけん》を指《ゆび》さした。

「その剣《けん》を使《つか》いこなすことができるのは俺《おれ》だけだ。よく見《み》ろ！　いくらおまえがその剣《けん》をふりまわしても、刀身《とうしん》にはなんの変化《へんか》も現《あらわ》れねえだろうが。」

見《み》ると、リュウの言《い》うとおり、倶利伽羅剣《くりからけん》は姿《すがた》かたちこそいつもリュウが持《も》っているものと同《おな》じだが、その力《ちから》まで同《おな》じにはできないようだ。いつもはぐるぐると炎《ほのお》の帯《おび》をまとっている刀身《とうしん》が、今《いま》はなんの変化《へんか》もない。

「おい、ベニ！　おまえ、どういうつもりだ。龍神族《りゅうじんぞく》を裏切《うらぎ》る気《き》か！」

リュウのさけび声《ごえ》に、ベニがにやりと笑《わら》った。

「ふふん。なんとでも言《い》えばいいさ。倶利伽羅剣《くりからけん》など使《つか》えなくても、わたしはこの玉《たま》さえ手《て》に入《い》れればいいのだからな。」

そう言《い》って、ベニは剣《けん》の束《つか》にある、金細工《きんざいく》の龍《りゅう》がくわえている『水《みず》』の玉《たま》をいとおしそうに見《み》つめた。

「なんてことだ。」

コウさんがつぶやいた。

「あの子《こ》は、リュウの玉《たま》を横取《よこど》りするために、人間界《にんげんかい》に来《き》たってことか。」

コウさんの言葉《ことば》に、わたしはぼうぜんとした。

(まさか、そんな……!)

うれしそうにリュウにまとわりつく姿《すがた》。

素直《すなお》に自分《じぶん》の感情《かんじょう》を表《あらわ》して、ころころ変《か》わる表情《ひょうじょう》。

あれがすべて演技《えんぎ》だったなんて、絶対信《ぜったいしん》じられない。

「ベニはそんな子《こ》じゃない! きっと、『邪《じゃ》の者《もの》』にあやつられてるんだよ!」

「……だよな。俺《おれ》もそう思《おも》う。あいつはめんどくせえやつだけど、こんなこざかしいこと、できるやつじゃねえ。」

そう言《い》うなり、リュウは立《た》ちあがり、ベニに体当《たいあ》たりした。

「おい、このニセモノ！　早《はや》く俺《おれ》のピアスを返《かえ》せ！」

ベニは高々《たかだか》と倶利伽羅剣《くりからけん》をふりあげて、リュウをなぎはらった。リュウはまるで子犬《こいぬ》みたいに簡単《かんたん》にふきとばされて、近《ちか》くにあった木《き》の幹《みき》に背中《せなか》を打《う》ちつけた。

「いってえ……！」

うめき声《ごえ》をあげ、ひざに手《て》をついて立《た》ちあがろうとするリュウを、ベニは容赦《ようしゃ》なくけりあげる。

「ア〜ッハハハハ！　紅龍族《こうりゅうぞく》の王子《おうじ》が地面《じめん》に転《ころ》がって、情《なさ》けないったらありゃしない！」

ベニが、高《たか》らかに笑《わら》う。

「リュウ！　大丈夫《だいじょうぶ》？」

かけよって抱《だ》きおこすと、リュウの口《くち》から、真《ま》っ赤《か》な血《ち》が一筋《ひとすじ》流《なが》れていた。

「ぼ、ぼっちゃん！」

いくら『邪《じゃ》の者《もの》』にあやつられているとはいえ、ベニがおさななじみのリュウを攻撃《こうげき》している姿《すがた》にとまどっているようだ。グレンはさっきからおろおろと上空《じょうくう》を飛《と》びまわっている。

「……ちくしょう、体《からだ》が思《おも》うように動《うご》かねえ。」

食《く》いしばった歯《は》のすき間《ま》から、リュウがうめくようにつぶやくと、コウさんはベニを見《み》すえながら言《い》った。

「ピアスがなければ、リュウも人間《にんげん》と同《おな》じ体《からだ》だ。傷《きず》をすぐに癒《い》やすことができない。くやしいだろうが、ここは、ぼくにまかせるんだ。」

コウさんはそう言《い》うなり、すばやくピアスに手《て》を当《あ》てた。

あっという間《ま》に龍神《りゅうじん》に姿《すがた》を変《か》え、わたしたちの前《まえ》に立《た》ちふさがる。

「あいつの相手《あいて》は、ぼくにまかせろ。『邪《じゃ》の者《もの》』を引《ひ》きずりだして、あの子《こ》もきっと助《たす》けてみせる。珠梨《じゅり》ちゃんとリュウは、セイとジュンを呼《よ》んでくるんだ！」

言《い》うなり、左耳《ひだりみみ》のピアスに手《て》を当《あ》てて、倶利伽羅剣《くりからけん》を取《と》りだした。ベニに向《む》かって切《き》っ先《さき》をつきつける。

「さあ、来《こ》い。ぼくが相手《あいて》だ！」

コウさんが倶利伽羅剣《くりからけん》を構《かま》えたとたん、ベニが高《たか》らかに笑《わら》った。

「ア～ッハハハハ！　甘《あま》い、甘《あま》すぎるぞ、青龍族《せいりゅうぞく》！」

そうさけぶと、いつの間《ま》にそんなものを持《も》っていたのか、腰《こし》にぶらさがっている金色《きんいろ》のひょうたんを持《も》ちあげ、口《くち》に当《あ》ててかたむけた。

ごくん　ごくん　ごくん
なにかを飲《の》み干《ほ》す音《おと》が、気味悪《きみわる》いくらい大《おお》きく響《ひび》く。最後《さいご》にベニは、ぷはっと一度息《いちどいき》をはき、乱暴《らんぼう》に口《くち》をぬぐった。

「今日《きょう》の酒《さけ》は、格別《かくべつ》だ。へへっ、いいか、ようく見《み》てろよ。」

低《ひく》い声《こえ》でそう言《い》うなり、急《きゅう》にベニの体《からだ》が二重《にじゅう》にブレはじめた。そしてそのとなりに、まったく同《おな》じ服装《ふくそう》で、同《おな》じ表情《ひょうじょう》、そして、手《て》には倶利伽羅剣《くりからけん》を持《も》つベニがもうひとり現《あらわ》れた。

「ひっ。」

おどろいてあとずさる。

「な、なんでベニがもうひとりいるの……？」

おどろく間《ま》もなく、ひとり、ふたり、三人《にん》、四人《にん》……。

次々《つぎつぎ》にベニが増《ふ》えていく。

「おいらの名《な》は、『ウワバミ』！　おまえらの言《い》うとおり、『邪《じゃ》の一族《いちぞく》』だ。さあ〜て、どれが本物《ほんもの》の龍神族《りゅうじんぞく》の女《おんな》か、おまえらにわかるかな？　ヒャヒャヒャヒャ！」

ベニのニセモノたちは、ざっと見《み》ただけで十人以上《にんいじょう》はいるようだ。わたしたちを取《と》りかこむ。

「な、なんだよ、これ！」

「おちつけ、リュウ。これが『邪《じゃ》の者《もの》』の手《て》だ。あいつらは、〝ニセモノ〟を何体《なんたい》も出《だ》すことができる。でも、本体《ほんたい》さえ見《み》つけることができれば……！」

コウさんの言葉《ことば》に、ベニの姿《すがた》をしたウワバミが、ヒャヒャヒャヒャとばかにするように笑《わら》った。

「このウワバミさまは、おまえたちが戦《たたか》ってきたほかの雑魚《ざこ》とはわけがちがうんだ。おいらは、とりついたヤツの特性《とくせい》さえも、受《う》け継《つ》ぐことができる。最強《さいきょう》の力《ちから》を持《も》つ龍神《りゅうじん》さえ、何人《なんにん》でも増《ふ》やすことができるんだよ！」

（……そんな！）

たしかに、全員《ぜんいん》ベニと同《おな》じ姿《すがた》をして、真《ま》っ赤《か》なピアスもつけている。もちろん、手《て》には太《ふと》い刀身《とうしん》を持《も》つ倶利伽羅剣《くりからけん》を構《かま》えている。

たとえ倶利伽羅剣《くりからけん》を正《ただ》しく使《つか》えなくても、あの剣《けん》でたたかれるだけで、わたしたち人間《にんげん》はかなりのダメージを受《う》けるってことだ。

（どうしよう、どうすればいい？）

リュウとコウさんが背中合《せなかあ》わせになり、わたしをはさむようにしてかばってくれているけど、『邪《じゃ》の者《もの》』たちの包囲網《ほういもう》はじりじりとせばまってくる。

「おい、グレン！　ぼさっとしてねえで、ジュンたちを呼《よ》びにいけ！」

リュウの呼《よ》びかけと同時《どうじ》に、グレンは、はっと目《め》を大《おお》きく開《あ》けた。

「わ、わかった！」

そう答《こた》えて、上空《じょうくう》に飛《と》びあがろうとしたとたん、

「そうはいくかあ！」

空高《そらたか》く飛《と》びあがったウワバミは、倶利伽羅剣《くりからけん》をふりあげて、グレンを地面《じめん》にたたきおとした。

「グエッ。」

「グレン！」

地面《じめん》にたたきおとされたグレンは、そのままゴムまりのようにはね、目《め》をまわしてしまったようだ。雑草《ざっそう》の中《なか》にまぎれてしまって、どこにいるのかわからなくなってしまった。

（こうなったら、ダメでもともと……！）

ぐっとおなかの底《そこ》に力《ちから》を入《い》れる。とたんに、わたしの体《からだ》がぱあっと白《しろ》く光《ひか》った。『巫女《みこ》の光《ひかり》』だ。

（これで、ジュンとセイを……！）

すると、ウワバミがわたしの鼻先《はなさき》に倶利伽羅剣《くりからけん》をつきたてた。

「なにをしてもむだだ。とっくに、この池全体《いけぜんたい》に結界《けっかい》をはっている。」

（……やっぱりそうなんだ！）

わたしはぎゅっとくちびるをかみしめて、ウワバミをにらみつけた。

「どうしてこんなことするの？　ベニを返《かえ》して！　リュウのピアスも返《かえ》しなさいよ！」

すると、ウワバミは倶利伽羅剣《くりからけん》を肩《かた》にかついで、にやにやと笑《わら》った。

「どうしてだと？　おまえがさっさと、新《あたら》しい玉《たま》を出《だ》さねえからじゃねえか。それなら、すでに王子《おうじ》が手《て》にした玉《たま》を横取《よこど》りするまで。そう考《かんが》えるのは、あたりまえだろうが。」

「この……！」

コウさんが、目《め》の前《まえ》にいるウワバミに切《き》りかかろうとした。

「待《ま》ってくれ、コウ。」

とっさに、リュウが腕《うで》を取《と》る。

「こいつらのだれかひとりが、ベニの体《からだ》をあやつっている〝本体《ほんたい》〟だ。……もしもその倶《く》利伽羅剣《りからけん》で切《き》っちまうと、……いくら龍神《りゅうじん》でも、……ベニまで命《いのち》を落《お》とす。」

リュウは全身《ぜんしん》ぼろぼろで、肩《かた》で息《いき》をしながら、必死《ひっし》でコウさんを説得《せっとく》している。今《いま》まさに切《き》りかかろうとしていたコウさんは、ふりきる寸前《すんぜん》で手《て》を止《と》め、体勢《たいせい》を整《ととの》える。

「ヒャヒャヒャ！」

ウワバミは、また高《たか》らかに笑《わら》いだした。

「おまえの言《い》うとおりだ、紅龍族《こうりゅうぞく》の小僧《こぞう》。この女《おんな》には、おいらたちの盾《たて》になってもらう。こいつがいる限《かぎ》り、おまえたちは手《て》も足《あし》も出《だ》せねえってわけだ。」

おおぜいのベニたちは、全身《ぜんしん》から炎《ほのお》を噴《ふ》きだしながらすごいスピードでわたしたちのまわりをぐるぐるまわっていく。

「さあ～、どれが本物《ほんもの》だ？　ヒャ～ッヒャヒャヒャヒャ！」

まるで、洗濯機《せんたくき》の脱水槽《だっすいそう》にほうりこまれたみたい。目《め》で追《お》っていたら、気分《きぶん》が悪《わる》くなってきた。

「あいつら、ベニまで巻《ま》きこみやがって！」

そのとき、
ヒュン！

『邪《じゃ》の者《もの》』たちの輪《わ》から、何《なに》かが飛《と》んできた。とたんに、ほおが焼《や》けるように熱《あつ》くなる。

「痛《いた》っ。」

思《おも》わずほおを押《お》さえたら、血《ち》が流《なが》れていた。

「珠梨《じゅり》！」

わたしをかばおうとしたリュウが、「ギャッ。」と短《みじか》くさけんで倒《たお》れこんだ。

「リュウ！」

抱《だ》きとめて背中《せなか》を見《み》ると、Ｔ《ティー》シャツの背中《せなか》の部分《ぶぶん》がぼろぼろに破《やぶ》れ、真《ま》っ赤《か》な血《ち》がにじんでいる。

倶利伽羅剣《くりからけん》は、たしかにリュウが使《つか》わない限《かぎ》り、本来《ほんらい》の力《ちから》を発揮《はっき》することはできない。だけど、剣《つるぎ》であることにかわりはない。ぐるぐるとまわりながら、その切《き》っ先《さき》でわたしたちを攻撃《こうげき》することが可能《かのう》なのだ。

おまけに、ウワバミは紅龍族《こうりゅうぞく》の力《ちから》までひきついでいる。全身炎《ぜんしんほのお》につつまれているせいか、さっき切《き》られたほおは、やけどをしたように熱《ねつ》をもっていた。

リュウの顔《かお》から、血《ち》の気《け》が引《ひ》いていく。背中《せなか》にできた血《ち》のしみも、どんどん広《ひろ》がっていく。

（このままじゃ、わたしたち、切《き》りきざまれてしまう！）

「珠梨《じゅり》ちゃん、リュウ、動《うご》いちゃだめだ！」

コウさんが、わたしとリュウを背中《せなか》にかばい、『邪《じゃ》の者《もの》』たちからの攻撃《こうげき》をかわしながらさけぶ。目《め》の前《まえ》で倶利伽羅剣《くりからけん》がぶつかりあい、火花《ひばな》が散《ち》る。

「ここはぼくが相手《あいて》をするから、珠梨《じゅり》ちゃんたちは、とにかくぼくのうしろでじっとしてるんだ。」

「そ、そんな……！」

相手《あいて》は、ひとりやふたりじゃない。それだけでもたいへんなのに、ウワバミは龍神《りゅうじん》の力《ちから》まで手《て》に入《い》れている。そんなにおおぜいの敵《てき》とたったひとりで戦《たたか》うなんて、絶対《ぜったい》むりに決《き》まっている。

「ほらほら、ムダ口《ぐち》たたいてる場合《ばあい》じゃねえだろう！」

「ウッ。」

わたしの目《め》の前《まえ》で、コウさんのわき腹《ばら》から血《ち》が噴《ふ》きだした。コウさんの顔《かお》が、苦痛《くつう》にゆがむ。

「たったひとりで何《なに》ができる。倶利伽羅剣《くりからけん》の力《ちから》などなくても、おまえを倒《たお》すことなんて、赤子《あかご》の手《て》をひねるようなもんだぜ。」

おおぜいのベニたちが声《こえ》をそろえてあざけりわらう。

コウさんは、くちびるをかみしめて倶利伽羅剣《くりからけん》を頭上《ずじょう》にかざした。

「ふざけるなっ！」

さけびながら、そのままぐるりと一回転《かいてん》させる。大《おお》きな水柱《みずばしら》が立《た》ちのぼり、わたしたちのまわりを取《と》りかこむ。やがてそのうずは、じょじょに形《かたち》を整《ととの》えはじめ、まるで大《おお》きなシャボン玉《だま》のように変化《へんか》していった。水《みず》のドームのできあがりだ。

「珠梨《じゅり》ちゃん、これでしばらく安全《あんぜん》だ。リュウとふたりでここにいろ。なにがあっても、出《で》てきちゃだめだ！」

そう言《い》うなり、コウさんは水《みず》のドームから外《そと》へと飛《と》びだした。

「コウさん！」

8 こぶしを合《あ》わせて

（お願《ねが》い、玉《たま》よ、すぐに出《で》てきて！）

わたしは両手《りょうて》をこすりあわせて、必死《ひっし》で心《こころ》の中《なか》で願《ねが》った。

わたしたちを安全《あんぜん》な場所《ばしょ》に閉《と》じこめて、コウさんはたったひとりで『邪《じゃ》の者《もの》』たちと戦《たたか》っている。ぶあつい水《みず》の層《そう》におおわれて、外《そと》の音《おと》は聞《き》こえない。だけど、ゆらゆらとゆらめく水《みず》の向《む》こうで、ぼろぼろになりながら立《た》ち向《む》かうコウさんの背中《せなか》が見《み》える。

いくら龍神《りゅうじん》だといっても、コウさんだって不死身《ふじみ》じゃないんだ。一刻《いっこく》も早《はや》く、助《たす》けなきゃ。

わたしのひざに頭《あたま》をのせ、真《ま》っ青《さお》な顔《かお》で荒《あら》い息《いき》をしているリュウを見《み》る。あたりには、大《おお》きな血《ち》だまりができている。早《はや》く手当《てあ》てをしないと、リュウの命《いのち》だってあぶないかもし

れない。

絶体絶命《ぜったいぜつめい》のこの状況《じょうきょう》で、助《たす》かる道《みち》は、ただひとつ。

コウさんが最後《さいご》の玉《たま》を手《て》に入《い》れて、『闇《やみ》』の力《ちから》を手《て》に入《い》れること。それ以外《いがい》、方法《ほうほう》はない。

わたしはすうっと大《おお》きく息《いき》を吸《す》って、声《こえ》をあげた。

「天《てん》にまします、わが神《かみ》・龍神《りゅうじん》よ！　願《ねが》わくば、われに『玉《たま》』を授《さず》けたまえ！　ウンタラカンタラ、たりらりらん！」

いくらおなかの底《そこ》に力《ちから》をこめても、わたしの手《て》の中《なか》に玉《たま》は浮《う》かんでこない。

（どうして？　なんで最後《さいご》の玉《たま》は出《で》てこないの？　今《いま》、玉《たま》を手《て》に入《い》れることができれば、コウさんだってきっとウワバミを倒《たお》すことができるはずなのに！）

「天《てん》にまします、わが神《かみ》・龍神《りゅうじん》よ！　願《ねが》わくば、われに『玉《たま》』を授《さず》けたまえ！　ウンタラカンタラ、たりらりらん！」

呪文《じゅもん》を唱《とな》えながら、ほおに涙《なみだ》が伝《つた》わる。

コウさんは、ウワバミたちに切《き》りきざまれ、ぼろきれのようにふきとばされながらも、何度《なんど》も立《た》ちあがる。だけど、足元《あしもと》がふらついている。そろそろ限界《げんかい》みたいだ。そのうしろ姿《すがた》が、涙《なみだ》でぼやける。

（……きっと、バチがあたったんだ。）

わたしは『玉呼《たまよ》びの巫女《みこ》』なのに、まだ最後《さいご》の玉《たま》は出《で》ないでほしいなんて思《おも》っていた。王子《おうじ》たちが自分《じぶん》のそばからいなくなったらさみしくなる。そんな、わがままな理由《りゆう》で。

王子《おうじ》たちにとっても、そしてわたしたちが生《い》きるこの世界《せかい》にとっても、『龍王《りゅうおう》の代替《だいが》わり』は遊《あそ》びじゃないんだ。世界《せかい》の存続《そんぞく》がかかっている、その大事《だいじ》な一翼《いちよく》を、自分《じぶん》がになっているってことを、わたしは理解《りかい》していなかった。甘《あま》かったのだ。

新《あたら》しい玉《たま》を出《だ》すどころか、せっかくリュウが苦労《くろう》して手《て》に入《い》れた『水《みず》』の玉《たま》までうばわれてしまった。

『玉呼《たまよ》びの巫女《みこ》』だなんて笑《わら》わせる。

わたしの声《こえ》は、きっと天《てん》には届《とど》かない。

そんな都合《つごう》のいい願《ねが》い、かなえてなんてもらえっこない。

それでも。

「お願《ねが》い、玉《たま》よ、出《で》てきて！」

わたしは、さけばずにはいられなかった。

万《まん》にひとつの可能性《かのうせい》でも、あきらめるわけにはいかない。

王子《おうじ》たちが、わたしの前《まえ》から消《き》えてもいい。

だから、神《かみ》さま。どうかわたしに力《ちから》を貸《か》してください！

ぐすん、ずずっ
そのとき、突然《とつぜん》、わたしの頭《あたま》の中《なか》で、だれかがすすり泣《な》く声《こえ》が聞《き》こえた。はっとして、あたりを見《み》まわす。

（……今《いま》の声《こえ》、だれ？）

『……めて。』

それと同時《どうじ》に、か細《ぼそ》い、今《いま》にも消《き》え入《い》りそうな声《こえ》も聞《き》こえてきた。

両方《りょうほう》の耳《みみ》に手《て》を当《あ》てて、目《め》をつぶって意識《いしき》を集中《しゅうちゅう》させる。

『……やだ。……お願《ねが》い。助《たす》けて。』

はじめは、自分《じぶん》の声《こえ》がこの巨大《きょだい》な水《みず》のドームの中《なか》で、反響《はんきょう》しているのかと思《おも》った。

だけど、やっぱりちがう。甲高《かんだか》い、あまったれたようなこの声《こえ》。

これは……！

「ベニ！」

わたしは、リュウをその場《ば》にそっと横《よこ》たえて立《た》ちあがった。

意識《いしき》を集中《しゅうちゅう》して、その声《こえ》に耳《みみ》をすませる。

『助《たす》けて、リュウ、珠梨《じゅり》。ベニはここだよ。お願《ねが》い、気《き》がついて。』

(聞《き》こえた！)

この声《こえ》の持《も》ち主《ぬし》が、ホンモノだ。

おおぜいいるニセモノたちの中《なか》で、ホンモノさえ特定《とくてい》できれば、きっと助《たす》けだせる！

わたしは声《こえ》の聞《き》こえるほうに体《からだ》の向《む》きを変《か》え、体《からだ》の横《よこ》でぐっと両方《りょうほう》の手《て》をにぎりしめた。

手《て》のひらが、だんだん熱《ねっ》を帯《お》びてくる。その手《て》を胸《むね》の前《まえ》まで持《も》ちあげると、そこから真《ま》っ白《しろ》な光《ひかり》の帯《おび》があふれだす。光線《こうせん》は、一直線《いっちょくせん》に水《みず》のドームを突《つ》きぬけて、おおぜいいる中《なか》でたったひとりのベニの体《からだ》を照《て》らしだした。

(あれだ!)

わたしは声《こえ》の限《かぎ》りにさけんだ。

「泣《な》かないで、ベニ! わたしが助《たす》けてあげるから!」

すると、光《ひかり》の帯《おび》が大《おお》きく広《ひろ》がり、ぽっかりとドームに穴《あな》が開《あ》いた。そこへまるで光《ひかり》のトンネルのような道《みち》ができ、ウワバミの術《じゅつ》からぬけだしてふわりと浮《う》きあがったベニが、そのまま吸《す》いこまれるように水《みず》のドームの中《なか》へと飛《と》びこんできた。

「珠梨《じゅり》!」

ベニがわたしの体《からだ》に倒《たお》れこんできたのと同時《どうじ》に、ドームをおおっていた水《みず》が、ぱちんとはじける。どおっと大《おお》きな音《おと》を立《た》て、大量《たいりょう》の水《みず》があたりに飛《と》び散《ち》った。

そこには、全身傷《ぜんしんきず》だらけで、地面《じめん》に倒《たお》れているコウさんの姿《すがた》が見《み》えた。

「コウさん!」

「しまった! あの女《おんな》……!」

見《み》ると、さっきまで、ベニの姿《すがた》をしていたウワバミたちは、本来《ほんらい》の姿《すがた》を現《あらわ》していた。まるで忍者《にんじゃ》のような黒装束《くろしょうぞく》。顔《かお》も真《ま》っ黒《くろ》な頭巾《ずきん》でかくしている。

「やばい、逃《に》げるぞ！」

そうさけんで、同《おな》じ姿《すがた》をしたウワバミたちが、わたしたちに背中《せなか》を見《み》せて散《ち》り散《ぢ》りに逃《に》げていく。

「……おい、ベニ。」

わたしの足元《あしもと》で、リュウのうめき声《ごえ》がした。

「早《はや》くピアスを返《かえ》せ。」

そう言《い》って、手《て》をのばす。

泣《な》きながらふるえていたベニは、倶利伽羅剣《くりからけん》をもどしたあと、即座《そくざ》に自分《じぶん》の耳《みみ》からピアスをはずし、リュウに手渡《てわた》した。リュウはうずくまったままピアスを受《う》け取《と》ると、すぐに耳《みみ》に装着《そうちゃく》し、その場《ば》で龍神《りゅうじん》へと変化《へんげ》した。

「うおっしゃあああ！　体《からだ》じゅうに力《ちから》がみなぎるぜぇ〜っ。」

全身《ぜんしん》から、ゴオオオオッと火柱《ひばしら》があがる。

「リュウ！」

両手《りょうて》を広《ひろ》げて立《た》ちあがったリュウは、さっきまでの青白《あおじろ》い顔《かお》はどこへやら、いつもの強《つよ》気《き》な表情《ひょうじょう》で、わたしを見《み》てニヤッと笑《わら》った。

「おい、珠梨《じゅり》！　ウワバミの野郎《やろう》、どれが本体《ほんたい》だ！　おまえなら、見《み》えんだろ？」

わたしはほうぼうへ逃《に》げまどうウワバミたちに目《め》をこらした。その中《なか》で、腰《こし》にぶらさげたひょうたんが金色《きんいろ》に光《ひか》っているものがひとりだけいた。

(あれだ！)

わたしはすぐに立《た》ちあがって、指《ゆび》さした。

「あいつよ！」

「よっしゃあ、まかせとけ！」

そう言《い》うなり、

ポポポポポン！

リュウの手《て》のひらに、無数《むすう》の火《ひ》の玉《たま》が飛《と》びだしてきた。それらがどんどんつながっていき、まるで、巨大《きょだい》な数珠《じゅず》のようになる。そのままつらなった火《ひ》の玉《たま》は上空《じょうくう》に浮《う》かびあがり、大《おお》きな火《ひ》の輪《わ》っかができあがった。

「てつめえ、逃《に》げんじゃねえ〜〜〜っ！」

リュウは、まるでカウボーイの投《な》げなわのように、逃《に》げるウワバミの背中《せなか》に向《む》けて、思《おも》いきり火《ひ》の輪《わ》っかを投《な》げつけた。

「ギャッ！」

つらなった火《ひ》の玉《たま》にからめとられたウワバミは、短《みじか》いさけび声《ごえ》をあげて、その場《ば》にしりもちをつく。

「覚悟《かくご》しろ。ヘビ野郎《やろう》。」

そう言《い》うなり、リュウが、左耳《ひだりみみ》のピアスに手《て》を当《あ》てた。

「ナンダ、バツナンダ、シャガラ、ワシュキツ、トクシャカ、アナバダッタ、マナス、ウハツラ！　八大龍王《はちだいりゅうおう》の名《な》のもとに、われに倶利伽羅《くりから》の剣《つるぎ》を与《あた》えよ！」

リュウの手《て》に、金色《きんいろ》に輝《かがや》く倶利伽羅剣《くりからけん》が現《あらわ》れた。

「……ちょ、ちょっと待《ま》て！　話《はなし》がちがう。」

しりもちをついたウワバミが、そのままあとずさりを始《はじ》めた。

「は？　いったいなんの話《はなし》だ。」

リュウが、倶利伽羅剣《くりからけん》を上段《じょうだん》に構《かま》える。刀身《とうしん》を、赤《あか》い炎《ほのお》と青《あお》い水流《すいりゅう》がまるで大蛇《だいじゃ》のようにからみつく。

「だから、それは……。」

「ごちゃごちゃ言《い》ってんじゃねえ〜〜〜っ！」

リュウは、ウワバミの言葉《ことば》をさえぎり、渾身《こんしん》の力《ちから》をこめて一気《いっき》に倶利伽羅剣《くりからけん》をふりおろした。

「ぎゃああああああ！」

絶叫《ぜっきょう》するウワバミは、リュウの放《はな》った一撃《いちげき》に焼《や》きつくされ、あっけないほど簡単《かんたん》に姿《すがた》を消《け》した。

「ケッ、口《くち》ほどにもねえやつだな。」

リュウはブンッとその場《ば》で倶利伽羅剣《くりからけん》をふりはらうと、すぐにピアスへと収《おさ》めた。

「コウさん！」

わたしは、虫《むし》の息《いき》で倒《たお》れているコウさんへとかけよった。抱《だ》きおこして、冷《つめ》たいほおにふれる。全身傷《ぜんしんきず》だらけだけれど、なんとか息《いき》はしているようだ。

「ジュン、セイ、今《いま》すぐ来《き》て！」

わたしはおなかの底《そこ》に力《ちから》をこめ、空《そら》へ向《む》かって『巫女《みこ》の光《ひかり》』を放《はな》った。真《ま》っ白《しろ》な光《ひかり》の帯《おび》は、まるで空《そら》をかけまわる龍《りゅう》のように上空《じょうくう》へと舞《ま》いあがっていく。

「コウを運《はこ》ぶなら、俺《おれ》ひとりでもできるぞ。」

リュウがコウさんをかつごうとしたけれど、わたしはリュウの腕《うで》をひっぱった。

「だめだよ。リュウだって、さっきウワバミたちに背中《せなか》をズタズタに切《き》られたじゃない。いくら龍神《りゅうじん》に変化《へんげ》したからっていっても、まだ傷《きず》を負《お》ったままなんだから、セイたちに迎《むか》えにきてもらったほうがいいよ！」

わたしが言《い》うと、リュウは神妙《しんみょう》な顔《かお》でうなずいた。

「……わかったよ。」

「待《ま》っててね、コウさん。すぐにセイたちに来《き》てもらうから。だから、もうちょっとがんばって。」

コウさんだって本気《ほんき》で倶利伽羅剣《くりからけん》を使《つか》えば、ウワバミなんてすぐに倒《たお》せたはず。だけど、ベニを傷《きず》つけまいとして、思《おも》いきった攻撃《こうげき》ができなかったんだろう。わたしとリュウを守《まも》るために、コウさんが、こんなに傷《きず》だらけになるまで戦《たたか》ってくれていたんだと思《おも》うと、涙《なみだ》が出《で》る。

わたしが玉《たま》を出《だ》したくないなんて思《おも》ったから。

みんなと、別《わか》れるのがいやだなんて思《おも》ったから。

だから、こんなことになったんだ。

ユナミさんにも忠告《ちゅうこく》されていたのに。

(コウさん、ごめんなさい！)

すっかり顔色《かおいろ》を失《うしな》ったコウさんの体《からだ》を、ぎゅっと抱《だ》きしめる。

「……大丈夫《だいじょうぶ》だよ、珠梨《じゅり》ちゃん。」

耳元《みみもと》で、コウさんのささやき声《ごえ》が聞《き》こえる。

「コウさん!?」

おどろいて、コウさんの顔《かお》を見《み》つめる。

「今《いま》のぼくは、四人《にん》の中《なか》ではいちばん弱《よわ》いかもしれないけど、ぼくだって、これでもいちおう龍神《りゅうじん》だからね。珠梨《じゅり》ちゃんを守《まも》ることができて、ホントによかった。」

ささやくような声《こえ》でそう言《い》って、そっとひとさし指《ゆび》で、わたしのほおを流《なが》れる涙《なみだ》をぬぐってくれた。そのおだやかなまなざしに、また涙《なみだ》がこみあげてくる。

「……ごめんね、珠梨《じゅり》。」

うしろから、ベニの声《こえ》がした。おどろいてふりかえる。

そこには、目《め》をまわしたグレンを抱《だ》きかかえたベニが立《た》っていた。

「ベニ！　大丈夫《だいじょうぶ》なの？」

わたしの問《と》いかけに、ベニはおずおずとうなずく。

「ごめん、全部《ぜんぶ》ベニが悪《わる》いの。本当《ほんとう》にごめんなさい……。」

「そうだぞ、ベニ！　おまえ、なんであんな簡単《かんたん》なわなにひっかかっちまったんだよ。おかしいって思《おも》わなかったのかよ！」

リュウの言葉《ことば》に、ううんとわたしは首《くび》をふった。

「ベニは、今《いま》すぐにでも、おいしい料理《りょうり》の作《つく》り方《かた》を習《なら》いたかったんだよね？　それで、リュウに喜《よろこ》んでもらいたかったんだよね？」

ベニの大《おお》きな瞳《ひとみ》に、ぐんぐん涙《なみだ》がたまって、ぽろりとほおをすべりおちる。

「ベニは、悪《わる》くなんてないよ。自分《じぶん》のこと、責《せ》めなくていいんだからね。」

そう言《い》って、ベニの肩《かた》に手《て》を置《お》くと、ベニは顔《かお》をくしゃくしゃにして、うわあんと泣《な》きだした。

その横《よこ》で、リュウが決《き》まり悪《わる》そうに頭《あたま》をかく。

「おおい、ベイビーちゃん！」

「何《なに》があったのだ。」

上空《じょうくう》から、龍神姿《りゅうじんすがた》のセイとジュンが舞《ま》いおりてきた。ぼろぼろのコウさんと、大泣《おおな》きしているベニ、それからあたりに漂《ただよ》うこげくさいにおいと、水《みず》びたしの雑木林《ぞうきばやし》を見《み》て、すぐに察《さっ》したようだ。

「……また、『邪《じゃ》の者《もの》』か。」

「ったく、こりねえやつらだなあ。」

そう言《い》うと、セイとジュンは両《りょう》わきからよっこらしょとコウさんをかかえあげた。

「ちょっと荒《あら》っぽいけど、このまま山《やま》の清流《せいりゅう》にでもひたして、さっさと治療《ちりょう》しちまうか。」

「そのほうがいいだろうな。」

ふたりはそう言《い》って、飛《と》び立《た》とうとしたけれど、ふいにジュンが足《あし》を止《と》めた。

「……しかし、妙《みょう》だな。今回《こんかい》は『玉《たま》』が出《で》てきたわけでもないのに、どうしてやつらはまた現《あらわ》れたんだろうな。」

「そう言《い》われてみれば、そうだよなあ。」

セイも、あたりを見《み》まわしてつぶやいた。

ふいに、つよい風《かぜ》が吹《ふ》き、足元《あしもと》の雑草《ざっそう》がざあっと音《おと》を立《た》ててゆれる。

近《ちか》くの木々《きぎ》からは、思《おも》いだしたかのようにセミの鳴《な》き声《ごえ》が響《ひび》きわたりはじめた。

「……実《じつ》は俺《おれ》、あやうく玉《たま》をやつらにうばわれるところだったんだ。」

そう言《い》って、リュウが親指《おやゆび》でピアスを指《さ》した。

「もしかしたら、俺《おれ》は自分《じぶん》の玉《たま》を手《て》に入《い》れたからって、心《こころ》のどこかで安心《あんしん》しきってたところがあったかもしれねえ。だけど、今回《こんかい》のことで、龍王《りゅうおう》が決《き》まるまでは、絶対油断《ぜったいゆだん》しちゃいけねえってことが、ようくわかった。」

王子《おうじ》たちは顔《かお》を見合《みあ》わせ、だまってうなずく。

「俺《おれ》たちはライバルだ。だけど、チームでもある。改《あらた》めて、フェアにいこうぜ。」

セイがそう言《い》って、にぎりしめたこぶしをつきだした。

そこへ、ジュン、リュウ、それから最後《さいご》に傷《きず》だらけのこぶしをコウさんが合《あ》わせる。

「ねえ、珠梨《じゅり》。」

ベニが、わたしの服《ふく》のすそをひっぱった。

「……リュウたち、カッコいいね。」

わたしは改《あらた》めて四人《にん》を見《み》た。

夏《なつ》の陽《ひ》を浴《あ》びて、誓《ちか》いあう四人《にん》の王子《おうじ》たち。

気《き》が遠《とお》くなりそうなくらい美《うつく》しい。

「……そうだね。すっごくカッコいい。」

この先《さき》、わたしはどんなに年齢《ねんれい》を重《かさ》ねても、夏《なつ》を迎《むか》えるたびに、きっとこの場面《ばめん》を思《おも》いだすだろう。こぶしを重《かさ》ねる四人《にん》の王子《おうじ》たちの、凜々《りり》しい姿《すがた》を。

9 竜巻《たつまき》みたいな女《おんな》の子《こ》

翌朝《よくあさ》。目覚《めざ》まし時計《どけい》が鳴《な》って、わたしは目《め》を覚《さ》ました。

今日《きょう》は日曜日《にちようび》だから、占《うらな》いハウスはお休《やす》み。だから、早起《はやお》きはしなくていいんだけど、いつものくせで、時間《じかん》どおりに起《お》きてしまう。

となりのふとんでは、前日《ぜんじつ》のつかれが出《で》たのか、ベニがまだぐっすりと眠《ねむ》っていた。

音《おと》を立《た》てないように手早《てばや》く着替《きが》えをすませ、庭《にわ》に出《で》る。

今日《きょう》も、朝《あさ》からとってもいい天気《てんき》。洗濯日和《せんたくびより》だ。

「さあ、みんなが起《お》きてくるまでに、全部干《ぜんぶほ》しちゃおうっと。」

タイマーをセットして、洗《あら》っておいた洗濯物《せんたくもの》を、さっそく庭《にわ》で干《ほ》していたら、

「珠梨《じゅり》ちゃん。」

ふいに声《こえ》をかけられた。

見《み》ると縁側《えんがわ》のガラス戸《ど》にもたれて、コウさんがにっこり笑《わら》って立《た》っていた。

「コウさん……！　もう起《お》きて、大丈夫《だいじょうぶ》なの？」

あわてて洗濯物《せんたくもの》をかごにもどして、コウさんの元《もと》にかけよる。

「一晩寝《ひとばんね》たから、もう平気《へいき》さ。傷《きず》も癒《い》えたし。」

そう言《い》って、腕《うで》をまくる。昨日《きのう》はあんなに傷《きず》だらけだったのに、かすり傷《きず》ひとつ残《のこ》っていない。コウさんの言《い》うとおり、もうすっかり元《もと》どおりになったようだ。

（すごいな、龍神《りゅうじん》って……！）

わたしのほおには、まだ昨日《きのう》ウワバミにつけられた傷《きず》が残《のこ》っているのに。

「昨日《きのう》は、ありがとう。珠梨《じゅり》ちゃんのおかげで、助《たす》かったよ。」

「そんな……！　わたしこそ、コウさんが傷《きず》だらけになって、わたしとリュウを守《まも》ってくれたから、助《たす》かったんです。本当《ほんとう》にありがとうございました。」

ぺこりと頭《あたま》を下《さ》げる。

「ううん、本当《ほんとう》はぼくひとりの力《ちから》で珠梨《じゅり》ちゃんを助《たす》けられたらよかったんだけど。ぼくの力《ちから》が足《た》りないせいで、こわい思《おも》いをさせちゃったね。」

「……そんなこと！」

わたしは、ぎゅっとこぶしをにぎりしめた。

「……あの、わたし、コウさんにあやまらなくちゃいけないことがあるんです。」

「えっ。」

おどろいた様子《ようす》で、コウさんがわたしを見《み》つめる。

「わたし、セイの玉《たま》が出《で》たあとくらいからずっと、最後《さいご》の玉《たま》なんて、出《で》ないほうがいいって心《こころ》の中《なか》で思《おも》ってたんです。」

一気《いっき》にそう言《い》ってから、いったん息《いき》をついた。

「最初《さいしょ》は、『玉呼《たまよ》びの巫女《みこ》』なんて、どうしてわたしがやらなくちゃいけないのって思《おも》ってました。ただでさえ家《いえ》の用事《ようじ》をやらされてたいへんなのに、世話《せわ》する人数《にんずう》が増《ふ》えてめんどくさいし、『邪《じゃ》の者《もの》』たちまで現《あらわ》れて、どうしてわたしだけがこんな目《め》にあわなくちゃいけないのって。でも、コウさんたちと毎日《まいにち》を過《す》ごすうちに、いつの間《ま》にか、ずっとみんなにそばにいてほしいって思《おも》うようになっちゃったんです。」

「……珠梨《じゅり》ちゃん。」

コウさんは、どう答《こた》えればいいのかわからないようで、とまどった表情《ひょうじょう》でわたしを見《み》つめている。

「セイの玉《たま》が出《で》たあと、気《き》がついたんです。あとひとつ、コウさんの『闇《やみ》』の玉《たま》が出《で》てしまえば、四つの玉《たま》がすべてそろう。そしたら、龍王《りゅうおう》が決《き》まってしまうって。ニュースでは、世界各地《せかいかくち》で異常気象《いじょうきしょう》が続《つづ》いているって毎日《まいにち》のように報道《ほうどう》されています。日本《にほん》でも、最近《さいきん》、お天気《てんき》の変化《へんか》が激《はげ》しいのも知《し》っています。だから、『龍王《りゅうおう》の代替《だいが》わり』を早《はや》く進《すす》めなくちゃいけないことも、ちゃんとわかってる。コウさんが、最後《さいご》のひとつの玉《たま》を、早《はや》く手《て》に入《い》れたいって思《おも》ってることも。だけど、龍王《りゅうおう》が決《き》まってしまったら、みんなはわたしの前《まえ》からいなくなっちゃう。そう考《かんが》えたら、苦《くる》しくて、悲《かな》しくて、それでわたし、ずっと玉《たま》なんて出《で》なければいいって……！」

言《い》いながら、涙《なみだ》がこぼれてきた。

「ごめんなさい、コウさん。わたしがこんなふうに思《おも》っているから、きっと『闇《やみ》』の玉《たま》が出《で》てこないんだと思《おも》う。『闇《やみ》』の玉《たま》さえ出《で》てくれれば、昨日《きのう》、コウさんはあんなことにはならなかったはずなのに。」

最後《さいご》まできちんと伝《つた》えなきゃって思《おも》うのに、しゃくりあげてしまって、うまく言葉《ことば》が続《つづ》かない。

ふいにコウさんがわたしのほおに手《て》を当《あ》てた。おどろいて顔《かお》を上《あ》げる。

「珠梨《じゅり》ちゃんのせいなんかじゃないよ。」

コウさんが、ほほえみながらそう告《つ》げる。

「前《まえ》にぼくが言《い》ったことは、本心《ほんしん》だよ。玉《たま》は、珠梨《じゅり》ちゃんがどう思《おも》っていようが、そのときが来《く》れば、しぜんに出《で》てくるものだとぼくは思《おも》ってる。今《いま》、まだぼくの玉《たま》が出《で》てこないのは、まだその時期《じき》じゃないってことさ。それに、ぼくだって……。」

そこまで言《い》うと、コウさんはふいに口《くち》をつぐんだ。

そして、そっとわたしの涙《なみだ》をぬぐうと、

「珠梨《じゅり》ちゃん、目《め》をつぶって。」

耳元《みみもと》でそうささやいた。

「……えっ。」

少《すこ》しずつ、コウさんの顔《かお》が近《ちか》づいてくる。

(えええええっ、コウさん、朝《あさ》から、しかもこんなところで、いったいなにをするつもり？)

そう思《おも》いながらも、言《い》われたとおり、目《め》をつぶる。その間《あいだ》も、コウさんはわたしのほおに手《て》を当《あ》てたままだ。

(これってもしかして、もしかしたら……！)

心臓《しんぞう》がどきどきして、ほおも耳《みみ》も指先《ゆびさき》も、全身《ぜんしん》が一気《いっき》に熱《あつ》くなる。

(キ、キキキキキ、キスされちゃうの〜〜〜っ!?)

しばらくすると、ふいにコウさんの手《て》がわたしのほおからはなれた。

「さ、これで大丈夫《だいじょうぶ》。」

コウさんの声《こえ》に、「えっ？」と目《め》を開《あ》ける。

(あれ？　なんにもされなかった……？)

わたしはひとり、きょとんとコウさんを見上《みあ》げた。

「あの……今《いま》のって。」

わたしがきくと、コウさんはふしぎそうな顔《かお》で首《くび》をかしげた。

「ぼくの癒《い》やしの力《ちから》で、珠梨《じゅり》ちゃんのほおの傷《きず》を治《なお》したんだけど、よけいなお世話《せわ》だったかな？」

「えっ。」

おどろいて、自分《じぶん》のほおに手《て》を当《あ》ててみる。

たしかに、まるで痛《いた》みを感《かん》じないし、盛《も》りあがってかさぶたになっていた場所《ばしょ》が、つるりときれいになっていた。

（な、なんだ。そうだったんだ……！）

もしかして、キスされるのかもって、勝手《かって》に誤解《ごかい》しちゃってた！

急《きゅう》に恥《は》ずかしくなり、かあっと顔《かお》が熱《あつ》くなる。

「す、すみません。ありがとうございます。」

コウさんの顔《かお》をまともに見《み》ることができず、急《いそ》いで背中《せなか》を向《む》けて、かごから洗濯物《せんたくもの》を取《と》りだした。

「さ、急《いそ》いで洗濯物《せんたくもの》を干《ほ》しますね。みんなが起《お》きてくる前《まえ》に、ごはんの用意《ようい》も、しなくっちゃ。」

ごまかすようにそう言《い》うと、コウさんがふっともらす吐息《といき》がうしろから聞《き》こえた。

「そうだね。じゃあ、その間《あいだ》、ぼくは庭《にわ》の水《みず》まきでもしようかな。」

せっせと洗濯物《せんたくもの》を干《ほ》すふりをしながら、青《あお》いホースを手《て》に、植物《しょくぶつ》たちに水《みず》をやるコウさんの背中《せなか》をこっそり見《み》つめる。

『それに、ぼくだって……。』

(コウさん、さっきはなんて言《い》おうとしてたの？)

龍王《りゅうおう》になろうと、なるまいとも、『龍王《りゅうおう》の代替《だいが》わり』が終《お》われば、コウさんはわたしの前《まえ》から姿《すがた》を消《け》してしまう。もしかして、コウさんもそのことを、さみしいって思《おも》ってくれてるの？

コウさんが持《も》つホースから、水《みず》しぶきが上《あ》がる。

金龍《きんりゅう》さんも言《い》っていた。

玉《たま》は、わたしの意志《いし》で出《で》るもんじゃないって。

だから、むりをしなくても、自分《じぶん》の気持《きも》ちに素直《すなお》でいていいのかもしれない。

そんなことを思《おも》っていたら、ふいに、コウさんと目《め》が合《あ》った。

コウさんは、いつものようにやさしくほほえむ。

（いつまでも、こんなおだやかな日《ひ》が続《つづ》きますように。）

まだ陽《ひ》のあがらない夏《なつ》の朝《あさ》、わたしは、心《こころ》の底《そこ》からそう願《ねが》った。


「ねえねえ、珠梨《じゅり》〜〜っ！　おだしってこれでいいの？」

「レタスってこっちだっけ？　それともこれ、キャベツだった？」

目《め》を覚《さ》ましたベニは、台所《だいどころ》で朝《あさ》ごはんの用意《ようい》をしていたわたしのとなりに立《た》ち、朝《あさ》からさっそくそうぞうしい。

「おだしはこれ、レタスはこっちだよ。」

わたしが言《い》うと、

「はーい！　ありがと、珠梨《じゅり》。」

ベニはにこにこ笑《わら》ってうなずいた。

「ねえねえ、次《つぎ》は、何《なに》をしたらいい？　ベニ、珠梨《じゅり》のお手伝《てつだ》いがしたいの〜。」

レタスをちぎりおえたベニが、わたしに向《む》きなおって首《くび》をかしげる。

「ええっと、じゃあ、悪《わる》いけど、このふきんで、居間《いま》のテーブルをふいてきてくれるかな。それから、食器《しょっき》を並《なら》べて、おばあちゃんたちを起《お》こしにいってくれる?」

そうたのんでみたら、ベニは元気《げんき》よく敬礼《けいれい》してうなずいた。

「りょうか〜い! ベニ、珠梨《じゅり》の役《やく》に立《た》つよう、がんばるね!」

そう言《い》って、はりきって台所《だいどころ》から出《で》ていったかと思《おも》ったら、また敷居《しきい》に足《あし》をひっかけた。

そのひょうしに、わきに並《なら》べて置《お》いていたおはしやお皿《さら》が、
どんがらがっしゃーん!

すごい音《おと》を立《た》てて床《ゆか》に落《お》ちる音《おと》がした。

(ああ、まただよ……!)

がっくり肩《かた》を落《お》とす。

見《み》にいくと、幸《さいわ》いなことにお皿《さら》もコップも割《わ》れていないようだ。だけど、床《ゆか》に落《お》としちゃったんだから、もう一度《いちど》全部《ぜんぶ》洗《あら》わなくてはいけない。

「ごめえん、珠梨《じゅり》。ベニ、珠梨《じゅり》のお手伝《てつだ》いがしたかったのに。」

ベニは、シュンとして上目《うわめ》づかいにわたしを見《み》る。

「いいよ、わざとじゃないんだから。今度《こんど》から、気《き》をつけてね。」

しかたなくそう言《い》うと、ベニはぱあっと笑顔《えがお》になった。

「はあい！」


昨日《きのう》のことがあったからか、ベニはすっかりわたしになついてしまい、朝起《あさお》きたときからずっとこの調子《ちょうし》だ。

来《き》たばかりのころの反抗的《はんこうてき》な態度《たいど》よりはましだけど、いつもより何《なに》をするにも倍時間《ばいじかん》がかかってしまうのは変《か》わらない。

（とほほ。ま、悪気《わるぎ》がないんだから、しょうがないよね。）

「なんだよ、うるせえなあ。朝《あさ》からなんのさわぎだ。」

ねぼけまなこのリュウが、台所《だいどころ》に入《はい》ってきて文句《もんく》を言《い》いだした。

するとベニが、腰《こし》に手《て》を当《あ》てて、リュウをにらみつけた。

「うるさいな、リュウには関係《かんけい》ないでしょ、あっち行《い》っててよ！」

おどろいて、ベニを見《み》る。

いつものベニなら、絶対《ぜったい》にリュウに言《い》いかえしたりなんかしないのに！

「どうしたんだい、嬢《じょう》ちゃん。ぼっちゃんにそんな口《くち》、きくなんて。」

リュウの肩《かた》にのっていたグレンが、リュウとベニを見《み》くらべる。

「だってベニ、もうリュウなんて好《す》きじゃないんだもん！　っていうか、いばってばっかだし、やさしくないし、ベニ、リュウのこと、きらーい。」

「ふっ、ふん！　きらいでけっこう。せいせいすらあ！」

リュウは負《ま》け惜《お》しみなのか、ちょっと涙目《なみだめ》になってそう言《い》いかえした。

「そんならもう人間界《にんげんかい》に用《よう》はねえだろうが。とっとと龍神界《りゅうじんかい》に帰《かえ》っちまえ！」

リュウがまくしたてると、ベニはしれっとした顔《かお》で答《こた》えた。

「ベニ、帰《かえ》らないよ。だって、リュウの代《か》わりに新《あたら》しく好《す》きになった人《ひと》がいるんだもん！」

そう言《い》うなり、ベニはぎゅっとわたしの腕《うで》をつかんだ。

「ベニ、珠梨《じゅり》のことが、だーい好《す》きになっちゃったあ～！」

「えええええええっ！」

ベニの爆弾発言《ばくだんはつげん》に、セイやコウさん、ジュンまで目《め》を真《ま》ん丸《まる》にしてかたまった。

「だってえ、珠梨《じゅり》はお料理《りょうり》も上手《じょうず》だしぃ、やさしいしぃ、しっかりものだしぃ～！」

ベニが指《ゆび》を折《お》って、わたしのいいところをあげていく。

「顔《かお》は丸《まる》いし、ほっぺたはぷにぷにしてるし、とにかくめちゃめちゃカワイイしぃ～！」

美少女《びしょうじょ》のベニにそんなふうにほめられると、なんだかいたたまれない気持《きも》ちになってしまう。

「だから、珠梨《じゅり》みたいな女《おんな》の子《こ》になれるよう、ずうっと人間界《にんげんかい》にいることにしたんだあ～。」

（えええええ。そうなの？）

っていうことは、ベニも九頭竜学院《くずりゅうがくいん》に入学《にゅうがく》してくるってこと？

頭《あたま》の中《なか》に、袴田《はかまだ》さんたち、『内部組《ないぶぐみ》』の子《こ》たちの顔《かお》が思《おも》い浮《う》かぶ。

（ああ、前途多難《ぜんとたなん》かも！）

ゴゴゴゴ……

ふいにあたりの景色《けしき》が暗《くら》くなった。

さっきまで、明《あか》るい日差《ひざ》しが窓《まど》から差《さ》しこんでいたのに、部屋全体《へやぜんたい》が暗《くら》くなる。

「やだ、雨《あめ》かな。さっき干《ほ》したところなのに、洗濯物《せんたくもの》、取《と》りこまなきゃ！」

あわてて庭《にわ》に飛《と》びだそうとしたら、
バリバリバリバリッ！

庭一面《にわいちめん》に真《ま》っ白《しろ》な閃光《せんこう》が走《はし》った。

縁側《えんがわ》のガラス戸《ど》が、びりびりとふるえる。

「な、なにごと……!?」

「雷《かみなり》が、庭《にわ》に落《お》ちたのか？」

リュウ、コウさん、セイ、ジュン、それからわたしとベニが、急《いそ》いで縁側《えんがわ》に立《た》つと、そこにはグレンよりも一回《ひとまわ》り小《ちい》さな炎竜《えんりゅう》たちが数匹《すうひき》、ぱたぱた飛《と》んでいた。みんな、首《くび》におそろいの小《ちい》さな蝶《ちょう》ネクタイをつけている。

「なに、あれ。グレンの友《とも》だち？」

わたしがきくと、グレンが「ちがわあ。」と言《い》ってぶるぶると首《くび》をふった。

「あいつらは、嬢《じょう》ちゃんちに代々《だいだい》使《つか》える世話係《せわがかり》だ。おいらと見《み》た目《め》はそっくりでも、中身《なかみ》は似《に》ても似《に》つかねえ。なんたってあいつらは……。」

そこまで言《い》ったところで、

「ベニさま！」

そのうちの一匹《ぴき》が、ベニの前《まえ》に進《すす》みでて、深々《ふかぶか》と頭《あたま》を下《さ》げた。

いちばんえらい炎竜《えんりゅう》なのだろうか。姿《すがた》かたちはグレンそっくりなんだけど、表情《ひょうじょう》がきりっとしていて、ずいぶん賢《かしこ》そうに見《み》える。

「そろそろお帰《かえ》りになりませんと、ご両親《りょうしん》が心配《しんぱい》されています。」

「え〜、やだよ。ベニ、ずうっと人間界《にんげんかい》にいるって決《き》めたんだもん！　珠梨《じゅり》のそばにいたいの！」

そう言《い》って、わたしの腕《うで》にとりすがる。

すると、リーダー格《かく》の炎竜《えんりゅう》が、突然《とつぜん》、地《ち》をはうような低《ひく》い声《こえ》でつぶやいた。

「……やれ！」

「キキッ。」

ほかの炎竜《えんりゅう》たちは、短《みじか》く返事《へんじ》をすると、まるでフォーメーションが決《き》まっているかのように、ぱっと散《ち》らばった。そして、あっという間《ま》にベニに飛《と》びかかり、鋭《するど》い爪《つめ》でガシッとベニの服《ふく》をつかむ。

「ちょ、ちょっとお！　はなしなさいよっ、あんたたち！　こんなことして、許《ゆる》さないわよっ！」

ベニは必死《ひっし》にジタバタと暴《あば》れまわる。

腕《うで》をふりまわして小《ちい》さな火《ひ》の玉《たま》を投《な》げつけようとしたとたん、一匹《ぴき》の炎竜《えんりゅう》が、ぼうっと口《くち》から大《おお》きな炎《ほのお》をはいて、ベニの火《ひ》の玉《たま》を一瞬《いっしゅん》で焼《や》きつくした。

「……ベニさま。言《い》うことをきいていただけないと痛《いた》い目《め》にあいますよっ？」

炎竜《えんりゅう》は、ベニ相手《あいて》に目《め》を細《ほそ》めてすごむ。

（ひぃ〜〜〜っ！　召《め》し使《つか》いなのに、ご主人様《しゅじんさま》にそんなこと言《い》っちゃうわけ？）

「あいつら、血《ち》も涙《なみだ》もねえ。」

わたしとグレンは、がたがたふるえて、手《て》をにぎりあった。

「うえ〜ん、やだよう。帰《かえ》りたくない〜！」

ベニは、べそをかきながらまだバタバタ暴《あば》れていたけど、炎竜《えんりゅう》たちは涼《すず》しい顔《かお》で、翼《つばさ》をはためかせて上空《じょうくう》に舞《ま》い上《あ》がった。

「玉呼《たまよ》びの巫女《みこ》さま。」

リーダー格《かく》の炎竜《えんりゅう》が、わたしの前《まえ》に進《すす》みでる。

「はっ、はい！」

思《おも》わず背筋《せすじ》をのばして、かしこまった。

「ベニさまが、たいへんお世話《せわ》になりました。」

「い、いえ！　こちらこそ！」

深々《ふかぶか》と頭《あたま》を下《さ》げると、今度《こんど》は王子《おうじ》たちのほうへ向《む》きなおる。

「四龍《りゅう》の王子《おうじ》さま方《がた》、このたびはベニさまがたいへんご迷惑《めいわく》をおかけいたしました。『龍王《りゅうおう》の代替《だいが》わり』、とどこおりなくお進《すす》めくださいませ。われらも心待《こころま》ちにしておりますゆえ。」

そう言《い》って頭《あたま》を下《さ》げると、

「行《い》くぞ！」

その言葉《ことば》とともに、全員《ぜんいん》が、いっせいにゴオッと口《くち》から炎《ほのお》をはいた。

「きゃあっ。」

いきなり、あたりが熱気《ねっき》に包《つつ》まれ、あまりの熱《あつ》さに顔《かお》をかばってあとずさる。

「うわあ～ん！　帰《かえ》りたくないんだってばあ～～っ！」

メラメラと立《た》ちのぼる炎《ほのお》の中《なか》から、ベニの声《こえ》が響《ひび》く。

「あ～～ん、珠梨《じゅり》ぃ～～～っ！」

ベニの甲高《かんだか》い声《こえ》が、みるみる遠《とお》くなっていくと、

ジュッ

一瞬《いっしゅん》にして、目《め》の前《まえ》の炎《ほのお》は消《き》えてしまった。

「へーんだ。ベニのやつ、やっと帰《かえ》りやがったか。せいせいしたぜ！」

リュウは空《そら》に向《む》かってそう言《い》ったけど、わたしには、ちょっとさみしそうな表情《ひょうじょう》に見《み》え

た。

(気《き》のせいかな？)

くすっと笑《わら》ってリュウの横顔《よこがお》を見《み》つめる。

「……まったく、休《やす》みの朝《あさ》からそうぞうしい。」

ジュンが、はあっとおおげさに息《いき》をはく。

「最初《さいしょ》から最後《さいご》まで、にぎやかな子《こ》だったねえ。」

その横《よこ》で、セイが頭《あたま》をかきながら、空《そら》を見上《みあ》げた。

「でも、いい子《こ》だったじゃない。ねえ、珠梨《じゅり》ちゃん。」

コウさんに言《い》われて、わたしはうんと大《おお》きくうなずいた。

突然《とつぜん》、わたしたちの前《まえ》に現《あらわ》れ、また突然《とつぜん》消《き》えてしまった、竜巻《たつまき》みたいな女《おんな》の子《こ》。さよならを言《い》うヒマもなかった。

わがままで、あまえん坊《ぼう》で、どうしようもないドジっ子《こ》だったけど、まっすぐな性格《せいかく》で、憎《にく》めない、いい子《こ》だったな。

(……でも、またきっと会《あ》えるよね。『龍王《りゅうおう》の代替《だいが》わり』が終《お》わるまでに。)

また雲《くも》は晴《は》れ、青空《あおぞら》が広《ひろ》がっている。まるで、吹《ふ》く風《かぜ》までが青《あお》に染《そ》まっているみたい。

さっき、コウさんが水《みず》をあげてくれたおかげで、庭《にわ》の植物《しょくぶつ》たちは、つやつやと緑色《みどりいろ》の葉《は》をしげらせている。

物干《ものほ》し場《ば》で風《かぜ》にはためく、真《ま》っ白《しろ》なシーツ。

あきれ顔《がお》で空《そら》を見上《みあ》げる、四人《にん》の王子《おうじ》たち。

ああ、世界《せかい》は、わたしの好《す》きなもので満《み》ちあふれている。

いつまでも、こんな朝《あさ》を迎《むか》えられますように。

そう願《ねが》うことは、きっと、わがままなんかじゃない。

「おおい、珠梨《じゅり》。腹《はら》へったあ～！　さっさと朝飯食《あさめしく》おうぜ！」

リュウの声《こえ》に、わたしは「はあい。」と返事《へんじ》をした。

あとがき

宮下恵茉《みやしたえま》

読者《どくしゃ》のみなさん、こんにちは！「龍神王子《ドラゴン・プリンス》！」（略《りゃく》して、ドラプリ！）シリーズ、作者《さくしゃ》の宮下恵茉《みやしたえま》です。シリーズは早《はや》くも五巻目《かんめ》に突入《とつにゅう》しました！

みなさん、楽《たの》しんでいただけたでしょうか？

今回《こんかい》は、龍神界《りゅうじんかい》からやってきた新《しん》キャラが登場《とうじょう》します。わがままで、甘《あま》ったれで、リュウのことが大好《だいす》きなあまり、ライバル心《しん》むき出《だ》しで珠梨《じゅり》ちゃんにつっかかってくる美少女《びしょうじょ》・ベニちゃん！

珠梨《じゅり》ちゃんとは、見《み》た目《め》も性格《せいかく》も正反対《せいはんたい》の女《おんな》の子《こ》ですが、みなさんのまわりにも、自分《じぶん》とはまったくタイプがちがう子《こ》って、いませんか？

実《じっ》は小学校時代《しょうがっこうじだい》、わたしにもそんな子《こ》がいました。

それは、五年生《ねんせい》の時《とき》のクラス替《が》えで、初《はじ》めて一緒《いっしょ》のクラスになったSちゃん。背《せ》がすらっと高《たか》くて、スポーツ万能《ばんのう》。お昼休《ひるやす》みは、男子《だんし》よりも早《はや》く給食《きゅうしょく》を食《た》べおえて、グラウンドに飛《と》び出《だ》していき、ドッジボールの場所取《ばしょと》りをしているような元気《げんき》いっぱいな女《おんな》の子《こ》でした。

当時《とうじ》のわたしは、背《せ》が低《ひく》くて、ドッジボールは逃《に》げ回《まわ》る専門《せんもん》。休《やす》み時間《じかん》は、自由帳《じゆうちょう》に担任《たん》《にん》の先生《せんせい》を主人公《しゅじんこう》にしたまんがを描《か》いては、にやにや笑《わら》っているようなインドア派《は》。食《た》べるのが遅《おそ》いから、給食《きゅうしょく》はいつも居残《いのこ》り組《ぐみ》というどんくさい子《こ》どもでした。

同《おな》じクラスになってすぐの頃《ころ》、ドッジボールでおもいっきり球《たま》をぶつけられたこともあり、S《エス》ちゃんのことを、内心《ないしん》、ちょっとコワいと思《おも》っていたのです。

そんなある日《ひ》のこと。外《そと》は雨《あめ》で、グラウンドでは遊《あそ》んではいけないことになっていました。ひまをもてあましたのか、となりの席《せき》だったS《エス》ちゃんが、わたしの自由帳《じゆうちょう》をのぞきこんできました。

「なに描《か》いてるん？　見《み》せて。」

（ドキッ！）

S《エス》ちゃんに、おっさんである担任《たんにん》の先生《せんせい》が主人公《しゅじんこう》という意味不明《いみふめい》なまんがを見《み》せて、ばかにされたらどうしよう？

そう思《おも》ったものの断《ことわ》ることができず、びくびくしながら自由帳《じゆうちょう》を渡《わた》しました。

……すると。

「めっちゃ、おもろい！　わたしの自由帳《じゆうちょう》にも描《か》いて！」

そう言《い》って、S《エス》ちゃんは、自分《じぶん》の新品《しんぴん》の自由帳《じゆうちょう》をわたしに差《さ》し出《だ》しました。そればかりでなく、なんと自分《じぶん》もそのまんがに登場《とうじょう》させてくれとまで言《い》ってくれたのです。それからは、せっせと新作《しんさく》のまんがを描《か》いてはS《エス》ちゃんに見《み》せ、ふたりで盛《も》り上《あ》がるようになりました。大《だい》きらいだった給食《きゅうしょく》の時間《じかん》、S《エス》ちゃんがわたしの分《ぶん》までぺろりと平《たい》らげてくれるおかげで居残《いのこ》りせずにすむようになり、S《エス》ちゃんに誘《さそ》われて、へたくそなりにもドッジボールに参加《さんか》するようになりました。あれだけコワいと思《おも》っていたS《エス》ちゃんと、大親友《だいしんゆう》になったのです。

その後《ご》、でこぼこコンビのわたしたちは小学校《しょうがっこう》を卒業《そつぎょう》、同《おな》じ中学《ちゅうがく》に進《すす》みました。活発《かっぱつ》だったS《エス》ちゃんは、不良《ふりょう》っぽい子《こ》たちのグループに入《はい》ってしまいましたが、それでもお互《たが》いの家《いえ》を行《い》き来《き》して、別々《べつべつ》の高校《こうこう》に進《すす》んでも、おつきあいが続《つづ》きました。しかし、わたしが大学《だいがく》に入学《にゅうがく》してすぐ、S《エス》ちゃんは結婚《けっこん》をして地元《じもと》を離《はな》れてしまい、それっきりになっちゃいました。今《いま》、S《エス》ちゃんは、どうしてるんだろう？　会《あ》ってみたいなあ……。


さて、わたしのほろ苦《にが》い思《おも》い出話《でばなし》はこれくらいにして、次回《じかい》の予告《よこく》をちょっぴり。

夏休《なつやす》み明《あ》け、珠梨《じゅり》ちゃんのクラスに、クールな転校生《てんこうせい》がやってきます。そのせいか、リュウの様子《ようす》がなんだか変《へん》。心配《しんぱい》する珠梨《じゅり》ちゃんですが、また新《あら》たなトラブルに巻《ま》き込《こ》まれて……！　さあ、この先《さき》はどうなるでしょう？

『龍神王子《ドラゴン・プリンス》！⑥』は、来年《らいねん》四月《がつ》に発売予定《はつばいよてい》です。みなさん、今《いま》から楽《たの》しみにしていてくださいね！

ドラ☆プリ ファンルーム

まずは、4巻《かん》までによせられた感想《かんそう》をごしょうかいします。あなたの感想《かんそう》もおしえてね☆

応援《おうえん》ありがとう!
みんなの感想《かんそう》 大特集《だいとくしゅう》〜!

kaya 8 ／絵

全巻《ぜんかん》もっています。わたしは、全員《ぜんいん》の王子《おうじ》が大好《だいす》きです。けれど、それより好《す》きなのは、いつもがんばっている珠《じゅ》梨《り》ちゃんです。★A.Kさん・小4★

わたしはセイとコウが好《す》きです。セイのいいところは、ノリがよくて話《はな》しやすそうなところです!! コウさんは、紳士《しんし》なところです。さりげないやさしさが大好《だいす》きです。これからもがんばってくださーい! ★山本理穂さん・小5★

友《とも》だちが読《よ》んでいたので、わたしも読《よ》んでみました。友《とも》だちに、どの王子《おうじ》が好《す》きかきいてみると、わたしを入《い》れて4人《にん》が全員《ぜんいん》違《ちが》う王子《おうじ》でした（笑）。ちなみにわたしは、セイが好《す》きです!! 宮下先生《みやしたせんせい》のあとがきも楽《たの》しみにしています! ★H.Kさん・中2★

1巻《かん》から何回《なんかい》も読《よ》んでいます。リュウ、コウ、セイ、ジュンみんながカッコよくて、キュンキュンです！ いったいだれが龍王《りゅうおう》になるのっ!? 早《はや》く次回作《じかいさく》が読《よ》みたいですっ！ ★山田美波さん・中1★

龍神戦隊《りゅうじんせんたい》ドラプリレンジャー、
めっちゃおもしろい！
おもしろさMAX
はまりすぎMAX
★安井颯希さん・小6★

つぎつぎに王子《おうじ》たちが試練《しれん》を乗《の》り越《こ》えて玉《たま》を手《て》に入《い》れるところが大好《だいす》きです。一番好《いちばんす》きな人《ひと》はジュンです。いつもことばがきついけれど、いざとなったら珠《じゅ》梨《り》ちゃんを助《たす》けてくれるし、戦隊《せんたい》ものが好《す》きなところが、意外《いがい》でおもしろいからです。★山室百花さん・小6★

「龍神王子《ドラゴン・プリンス》！④」を発売日《はつばいび》に購入《こうにゅう》しました。1巻《かん》から全部持《ぜんぶも》っていて、わたしの大好《だいす》きな物語《ものがたり》です。ちなみに、わたしはリュウが大好《だいす》きです。まっすぐな性格《せいかく》でかわいくて、「おまえ、俺《おれ》の嫁《よめ》になれ！」とリュウに言《い》われたいです。
★佐藤 玲さん・小5★

感想《かんそう》コーナー

ひと足先《あしさき》に、『龍神王子《ドラゴン・プリンス》!⑤』を読《よ》んでくれた、ジュニア編集者《へんしゅうしゃ》のみなさんの感想《かんそう》です。

今《いま》までのメンバーとは違《ちが》うキャラクターが出《で》てきたので、よりおもしろくなった。自分自身《じぶんじしん》の玉《たま》をもらえるのかもらえないのか、最後《さいご》まで読《よ》んでみないとわからなくてハラハラした。★村山七海さん・中2★

王子《おうじ》たちの言動《げんどう》やしぐさを見て、こんな男《おとこ》の子《こ》が自分《じぶん》のまわりにもいたらいいなあと思《おも》った。

★杉戸日向子さん・中3★

珠梨《じゅり》は、龍神族《りゅうじんぞく》といっしょにくらせてうらやましいなぁと思《おも》いました(しかもイメケン!!)。今《いま》まで読《よ》んだ本《ほん》の中《なか》でも、この本《ほん》は特《とく》におもしろかったです。新《しん》キャラのベニは、最初《さいしょ》は自分勝手《じぶんかって》でいやな印象《いんしょう》だったけど、パワフルで元気《げんき》な子《こ》なので、見習《みなら》いたいと思《おも》いました。★村田歩佳さん・小5★

やさしいコウさん、いざというときは助《たす》けてくれるジュン、チャラいけど、じつは繊細《せんさい》なセイ、みんなステキでかっこいいけど、リュウの、いつも元気《げんき》でまっすぐに自分《じぶん》の気持《きも》ちを伝《つた》えているところが大好《だいす》きデス!!

★吉田佐和さん・小6★

初《はじ》めて読《よ》んだけど、設定《せってい》はおもしろいし、ベニが空《そら》から落《お》ちてくるシーンなどは自分《じぶん》がその中《なか》にいるみたいで楽《たの》しかったです。★渡名喜寿乃さん・小5★

本名《ほんみょう》を出《だ》したくない人《ひと》は、
ペンネームもわすれずに書《か》いて送《おく》ってね!

あなたのおたより、
お待《ま》ちしていま〜す☆

龍神王子《ドラゴン・プリンス》!⑥は、
2016年《ねん》4月《がつ》
発売予定《はつばいよてい》です!
お楽《たの》しみに!

（お手紙《てがみ》のあて先《さき》）

〒112-8001 東京都文京区音羽2-12-21
講談社 青い鳥文庫編集部「ドラ☆プリ」係

（メールのあて先《さき》）

青い鳥文庫サイトの
「ファンレターの送り方」のところを見てね!
http://aoitori.kodansha.co.jp/hiroba/

＊著者紹介

宮下恵茉《みやしたえま》

大阪府生まれ。『ジジ　きみと歩いた』（学研プラス）で、小川未明文学賞大賞、児童文芸新人賞を受賞。おもな作品に、「ここは妖怪おたすけ委員会」シリーズ（角川書店）、『キミと、いつか。』（集英社）、『ガール！　ガール！　ガールズ！』、『あの日、ブルームーンに。』、「つかさの中学生日記」シリーズ、『なないろレインボウ』（以上ポプラ社）がある。

＊画家紹介

ｋａｙａ８《カヤハチ》

島根県生まれ。イラストレーター兼漫画家。独学で絵を描き続けていて、小さいころからの夢だったイラストレーターに。ライトノベルのさし絵のほか、モバイルゲームなどのイラストも数多く手がける。児童書の作品に「龍神王子《ドラゴン・プリンス》！」シリーズ（講談社）「ひみつのマーメイド」シリーズ、「まほうの国の獣医さん ハティ」シリーズ（KADOKAWA／メディアファクトリー）がある。

講談社　青い鳥文庫　　303-5

龍神王子《ドラゴン・プリンス》！⑤

宮下《みやした》恵《え》茉《ま》

2015年11月15日　第1刷発行
2016年5月12日　第3刷発行

（定価はカバーに表示してあります。）

発行者　清水保雅

発行所　株式会社講談社
東京都文京区音羽2-12-21　郵便番号112-8001
電話　編集（03）5395-3536
販売（03）5395-3625
業務（03）5395-3615

N.D.C.913　202p　18cm

装　丁　城所　潤（ジュン・キドコロ・デザイン）
久住和代

印　刷　図書印刷株式会社

製　本　図書印刷株式会社

本文データ制作　講談社デジタル製作部

ISBN978-4-06-285523-5

龍神王子《ドラゴン・プリンス!》！

宮下恵茉／作
kaya8 ／絵

4人のイケメン王子、登場！
使命《しめい》があるって、言われても……

つぎつぎあらわれる王子たちにふりまわされて、
しかも、龍王《りゅうおう》の代替《だいが》わりを手伝う使命《しめい》があるなんて。
地味に生きるがモットーなのに、わたしの毎日が、激変《げきへん》……!!

王子が、ひとりひとり違うところから来て、登場のしかたもすべて違ったので、びっくりしたし、おもしろかったです。　(小5)

本がきらいな人でも楽しく読めると思います。とても楽しい作品で、何回も読んでしまいました。　(小6)

好評既刊

珠梨《じゅり》とイケメン王子の ドキドキ☆ラブコメ＆ファンタジー

おさななじみと再会。 もう一度、友だちにもどれるの？

あやしい気配《けはい》を感じてはいたけど、
おさななじみとの再会に気をとられていたら、
わなにはまって……!!
ついにあらわれた、ひとつめの『玉』は、
意外な(!?)王子の手に——。

リュウの強気なところ、コウさんのやさしいところ、ジュンの戦隊ものに夢中なところ、セイのチャラくてかっこいいところ、全部、大大大好きです！　（小6）

4人の王子の会話や珠梨のつっこみがおもしろい！　（中1）

やるべきことをしていれば、きっとみんなわかってくれる。

球技大会が近づき、マスコット作りやチアの練習をするなかで、
クラスの女子からのいやがらせがエスカレート。
リュウをおこらせないため、いやがらせを知られないよう
がまんしていた珠梨《じゅり》に、アクシデントが……！

どんなことがあっても
めげない珠梨ちゃんに
勇気づけられました！
（小5）

珠梨を守る4人の王子が
かっこ良かったです。
珠梨は学校ではかわいそ
うだけど、少しうらやまし
かったです。　（小6）

王子たちは、課題《かだい》をクリアしていってる。
でも、わたしは、どうだろう？

王子たちに商店街のイベントの手伝いをたのんだら、
いつもはノリがいい、セイだけが知らん顔。
しかも、イベントは、まどっちたちと
遊ぶ約束《やくそく》をしている日で……。
もやもやしていたある日、珠梨のまわりで異変《いへん》が……！

まどっち、アイちゃん、めぐも、ちゃんと珠梨ちゃんのことを認めて、友だちでいてよかったです。
わたしも友だち関係の悩みごとはつきないので、共感できました。　（中3）

どの王子が龍王になるのか、とっても気になります。（小5）

デザイン /La Chica

「講談社《こうだんしゃ》 青《あお》い鳥《とり》文庫《ぶんこ》」刊行《かんこう》のことば

太陽《たいよう》と水《みず》と土《つち》のめぐみをうけて、葉《は》をしげらせ、花《はな》をさかせ、実《み》をむすんでいる森《もり》。小《こ》鳥《とり》や、けものや、こん虫《ちゅう》たちが、春《はる》・夏《なつ》・秋《あき》・冬《ふゆ》の生活《せいかつ》のリズムに合《あ》わせてくらしている森《もり》。森《もり》には、かぎりない自然《しぜん》の力《ちから》と、いのちのかがやきがあります。

本《ほん》の世界《せかい》も森《もり》と同《おな》じです。そこには、人間《にんげん》の理想《りそう》や知恵《ちえ》、夢《ゆめ》や楽《たの》しさがいっぱいつまっています。

本《ほん》の森《もり》をおとずれると、チルチルとミチルが「青《あお》い鳥《とり》」を追《お》い求《もと》めた旅《たび》で、さまざまな体験《たいけん》を得《え》たように、みなさんも思《おも》いがけないすばらしい世界《せかい》にめぐりあえて、心《こころ》をゆたかにするにちがいありません。

「講談社《こうだんしゃ》 青《あお》い鳥《とり》文庫《ぶんこ》」は、七十年《ねん》の歴史《れきし》を持《も》つ講談社《こうだんしゃ》が、一人《ひとり》でも多《おお》くの人《ひと》のために、すぐれた作品《さくひん》をよりすぐり、安《やす》い定価《ていか》でおおくりする本《ほん》の森《もり》です。その一さつ一さつが、みなさんにとって、青《あお》い鳥《とり》であることをいのって出版《しゅっぱん》していきます。この森《もり》が美《うつく》しいみどりの葉《は》をしげらせ、あざやかな花《はな》を開《ひら》き、明日《あす》をになうみなさんの心《こころ》のふるさととして、大《おお》きく育《そだ》つよう、応援《おうえん》を願《ねが》っています。

昭和《しょうわ》五十五年《ねん》十一月《がつ》

講談社